PEREGRINAÇÃO AO PÈRE-LACHAISE

CB141038

tao

Sérgio Telles

PEREGRINAÇÃO AO PÈRE-LACHAISE

– NOVELA –

Peregrinação ao Père-Lachaise
© 2024 Sérgio Telles
TAO Editora

Publishers Edgard Blücher
Editores Eduardo Blücher e Jonatas Eliakim
Coordenação editorial Andressa Lira
Produção editorial Mariana Naime
Preparação de texto Helena Miranda
Revisão de texto Sérgio Nascimento
Diagramação Thaís Pereira
Capa Laércio Flenic
Imagens da capa iStockphoto e Wikimedia Commons

Rua Pedroso Alvarenga, 1245, 4° andar
04531-934 – São Paulo – SP – Brasil
contato@taoeditora.com.br
www.taoeditora.com.br

Segundo Novo Acordo Ortográfico, conforme 6. ed. do *Vocabulário Ortográfico da Língua Portuguesa*, Academia Brasileira de Letras, julho de 2021.

É proibida a reprodução total ou parcial por quaisquer meios, sem autorização escrita da Editora.

Todos os direitos reservados pela Tao Editora.

Dados Internacionais de
Catalogação na Publicação (CIP)
Angélica Ilacqua CRB-8/7057

Telles, Sérgio.
Peregrinação ao Père-Lachaise / Sérgio Telles. – São Paulo : Tao, 2024.
110 p.

Bibliografia
ISBN 978-65-89913-19-1

1. Ficção brasileira 2. Père-Lachaise (Cemitério: Paris – França) – Ficção I. Título

23-4924 CDD B869.3

Índices para catálogo sistemático:
1. Ficção brasileira

(...) era mister tentar interpretar as sensações como signos de outras tantas leis e ideias, procurando pensar, isto é, fazer sair da penumbra o que sentira, convertê-lo em seu equivalente espiritual. Ora, esse meio que se me afigurava o único, que era senão a feitura de uma obra d'arte? (...) E, evidentemente, nem só de minha avó, de Albertina, assimilara eu uma frase, um olhar, mas de muitos outros dos quais, como criaturas individuais, já me esquecera; um livro é um vasto cemitério onde na maioria dos túmulos já não se leem as inscrições apagadas.

(Proust, 1970, p. 129 e 147)

Para Lúdia Helena, sempre

Conteúdo[1]

1 Referência: PROUST, M. *Em busca do tempo perdido — O tempo redescoberto*. Porto Alegre: Editora Globo, 1970, p. 129 e 147.

Capítulo 1

Jonas sempre ficava embaraçado quando via aquela fotografia.

Parecia-lhe uma daquelas fotos antigas que mostram um prepotente caçador branco tendo a seus pés uma fera abatida, cercado por "selvagens" africanos ou hindus. Essas fotos testemunham uma visão de mundo na qual o colonizador exerce seu domínio de forma absolutamente tranquila, convicto que está de sua superioridade étnica e cultural, tida por ele como inquestionável.

Por isso mesmo, Jonas pensava que sua pose na foto era de todo inadequada, senão ridícula. Ali estava ele, como o caçador branco, com o peito estufado, exibindo com orgulho a "presa" inerte a seus pés — o túmulo de Marcel Proust.

Sim, o túmulo de Proust, e literalmente a seus pés, pois seu sapato esquerdo pisava de forma desrespeitosa o tampo de mármore negro da lápide. Ao invés de "selvagens", a única outra pessoa visível na foto era Matilde, a quem Jonas parecia afastar com o braço, como se não quisesse sua presença ali, como se ela não devesse compartilhar daquele momento de triunfo.

Ao ver pela primeira vez a foto, Jonas ficara surpreso, pois a imagem não correspondia em absoluto às emoções que sentira naquele instante. Na verdade, a foto revelava o oposto do forte sentimento de reverência e respeito que o invadia quando fazia sua visita ritual ao túmulo daquele que considerava o maior de todos os escritores.

Ao invés de colonizador orgulhoso, Jonas se via como um humilde habitante das longínquas colônias que, ao visitar a metrópole, procurava prestar reverência a Proust, um dos mais poderosos morubixabas da literatura, um escritor que admirava e invejava, a quem jamais poderia se comparar ou com o qual competir.

No entanto, sua pose na foto e as associações que logo fizera em torno dela o traíam, revelando uma inesperada atitude de afronta e desconsideração ao túmulo daquele a quem supostamente deveria prestar suas homenagens.

Enquanto meditava sobre a foto, Jonas serviu-se de uma dose de uísque e se entregou às recordações daquela viagem.

Ao visitar o Père-Lachaise, Jonas prestava uma explícita homenagem a Proust, mas, de contrabando, homenageava também seu querido tio Lourival, que tinha ido uma única vez à Europa e, de Paris, o que mais o tinha encantado era o Cemitério do Père-Lachaise, declaração que deixou pasmados a todos da família.

— Como assim, um cemitério? Tanta coisa linda em Paris e você nos vem com essa? Paciência! — Jonas lembrava das conversas ouvidas na ocasião.

Quando voltou da viagem, tio Lourival trouxe presentes para todo mundo. O de Jonas era uma caneta tinteiro Pelikan que ele usou durante muitos anos, até a rosca da tampa estrompar de vez e não mais fixá-la ao corpo da caneta, o que fazia secar a tinta em seu interior.

Tio Lourival continuava sendo um dos *tipos inesquecíveis* de Jonas. A própria expressão *tipos inesquecíveis* já evocava a lembrança de sua pessoa, pois era uma das seções da *Seleções do Reader's Digest* de que ele mais gostava. O tio comprara religiosamente durante toda a sua vida essa revista e, como ele, Jonas a lia de cabo a rabo na casa da avó paterna, com quem tio Lourival morava. Solteirão, ele se dedicava de forma integral à mãe, aos irmãos e aos sobrinhos.

Como tinha uma boa situação econômica, era uma espécie de banco que financiava as necessidades de todos. Sua existência era um marco de segurança para a família inteira. Se houvesse alguma questão de dinheiro, tinham certeza de que Tio Lourival resolveria, como de fato o fez até morrer, lúcido, aos 91 anos.

O quanto tio Lourival era querido pelos sobrinhos se evidenciou em seu velório. Numa determinada hora, os mais velhos foram descansar em casa, poupando as forças para o enterro no dia seguinte. Sem que tivessem combinado com antecedência, os mais jovens resolveram passar a noite em claro na funerária, que naquele momento não tinha outros velórios. Arrastaram as cadeiras para o pátio arborizado que havia ao lado da câmara-ardente e fizeram um grande círculo. A noite estava fresca, deliciosa. Um deles perguntou se seria desrespeitoso comprar umas cervejas. Outro logo lembrou que tomar cerveja era a primeira coisa que se fazia na casa do tio Lourival, argumento que eliminou por completo qualquer impedimento. Enquanto a lua atravessava lentamente o céu, a cerveja tornava mais doces as recordações. Repassaram as muitas histórias do tio Lourival, imitaram seu modo peculiar de falar e sua imperativa ênfase retórica, sorriam ao lembrar suas manias e implicâncias, reconheciam sua generosidade. De vez em quando, um deles se levantava e ia até a grande sala onde estava o corpo inanimado e, longe dos demais, marejava os olhos e deixava que tomasse vulto o assombro diante do mistério cotidiano e indevassável da morte, que tão próximo ali se manifestava.

Muitas vezes Jonas se vê repetindo, com idêntica entonação, as expressões que tio Lourival costumava usar para manifestar sua indignação com os desmandos do mundo, as bobagens que julgava ver nas pessoas. *Meu amigo, isso é um absurdo! Fulano de Tal é um beócio!!!*

Matilde, como os parentes de Jonas anos antes ouvindo o relato da viagem de tio Lourival, reclamava. Achava um absurdo, uma idiotice completa, visitar cemitérios em Paris. Mais uma vez, Jonas voltou a lhe falar sobre o significado daquela visita e de novo se irritou por ela não querer entender o que ele sentia, por ter de explicar tudo tantas vezes e, ainda por cima, ter de aguentar sua arrogância, pois Matilde jamais reconhecia que não tinha conhecimento de algo, não admitia que estava aprendendo, recebendo informações novas, que ele a estava instruindo. Talvez por se sentir humilhada, diminuída, Matilde sempre fazia de conta que já sabia tudo.

Nesse ponto, Matilde era o oposto de Berenice, com quem Jonas ficara casado por 16 anos. Berenice o entendia como ninguém. Mal começava a dizer alguma coisa e ela mostrava que havia sacado o ponto importante, complementando-o com seus próprios comentários. Liam os mesmos livros, gostavam das mesmas músicas e se entendiam muito bem. Logo vieram os filhos. Um casal, como queriam. Tudo parecia dentro do esperado e Jonas se sentia confortavelmente instalado no casamento. Não fosse a grande insatisfação por não estar escrevendo literatura como gostaria, diria que era feliz. Até o dia em que voltou mais cedo para casa sem avisar. Entrou pela porta da cozinha e surpreendeu-se ao ouvir música na sala, pois as crianças estavam na escola e Berenice dificilmente colocava um CD, alegando que jamais aprenderia a mexer nos aparelhos de som que, em sua opinião, ficavam cada dia mais complicados. Em seguida, Jonas viu Berenice, de costas, no fundo do corredor, na porta do quarto deles, falando com alguém ao telefone. A música e o envolvimento na conversa fizeram com que ela não se apercebesse de sua chegada e continuasse a falar com grande animação ao telefone. Jonas avançou em sua direção e, ao discernir o teor da conversa, voltou para a cozinha, de onde poderia ouvi-la sem que ela o visse. Jonas não queria acreditar no que escutava. Toda a situação parecia irreal, inacreditável, e ao mesmo tempo muito familiar, de tanto tê-la visto em filmes e na televisão. O marido pegando a mulher em flagrante, o adultério, a traição.

Ali estava Berenice numa conversa íntima e carinhosa com um homem cujo nome nunca ouvira antes.

Estatelado, Jonas sentiu que lhe faltava o fôlego, o coração disparou batendo rápido no peito. Uma forte tontura o fez cambalear e, para não cair, apoiou-se pesadamente na mesa, fazendo deslizar a toalha que a cobria e desequilibrando a fruteira de vidro, que se espatifou com estardalhaço no chão, espalhando laranjas e peras pelo piso da cozinha. O barulho denunciou sua presença, até então inadvertida para Berenice. Na fração de tempo que decorreu entre Berenice vir do quarto e encontrá-lo na cozinha, ou de ele sair da cozinha para encontrá-la no corredor, Jonas pensou que poderia haver alguma outra explicação, algo que lhe desse esperança de estar enganado, de ter entendido mal, de que tudo não passava de um grande equívoco e que a vida dos dois continuaria inalterada, como fora até então. Ainda pensou em dizer alguma piada, fazer uma brincadeira. Mas ao se encontrarem a meio caminho no corredor, o rosto de Berenice dissipou qualquer dúvida, confirmando as piores suspeitas. Ela estava lívida e o olhava aparvalhada, segurando ainda o telefone, esticando ao máximo o fio que o prendia ao quarto. Pela expressão de medo no rosto dela, Jonas imaginou que ele mesmo devia estar com o rosto transtornado, com uma cara de louco.

Tomado por um impulso, Jonas avançou contra Berenice, arrancou-lhe o telefone das mãos e deu-lhe um forte empurrão, que a derrubou no chão, fazendo com que sua cabeça produzisse um som estranho ao bater no assoalho, som que o fez pensar que a tivesse matado, ideia terrível que de imediato refreou o tumulto que se agitava dentro dele. Ao mesmo tempo, uma outra parte de sua mente assistia àquela cena com grande distanciamento, como se fosse algo que estivesse acontecendo com pessoas desconhecidas, às quais devotava uma enfastiada indiferença. Vinda do nada, emergiu a lembrança de Maísa cantando “Meu mundo caiu”. Apesar de ser um comentário certeiro sobre o que estava acontecendo, era uma recordação que o arrebatava para longe dali, para um outro tempo, no qual era menino e ouvia pelo rádio, em tardes que se desenrolavam lentas e quentes, a voz rouca e sensual de Maísa e as pessoas repetiam o que tinham lido na revista *O Cruzeiro* — como era possível? Ela, uma Matarazzo, bebendo e frequentando a noite, que vergonha! Lembranças sem nenhuma importância e há muito desaparecidas, mas que naquele instante ressuscitavam e, com tenacidade, buscavam prender a atenção de Jonas, afastando-o da briga com Berenice.

O fato é que gritaram, berraram, trocaram insultos e por várias vezes Jonas teve de se conter para não esbofetear, esmurrar, espancar Berenice. Ainda bem que as crianças e a empregada não estavam em casa.

Berenice — mulher corajosa que sempre foi — em nenhum momento negou o que Jonas ouvira. Assumiu tudo, no ato. Disse que não tinha explicações. Apaixonara-se pelo colega do laboratório de análises clínicas onde trabalhava, um médico que conhecera na faculdade e que havia perdido de vista por muitos anos, pois ele havia morado noutra cidade depois que se formara.

Após a separação, Jonas ficou mal por bastante tempo, uns 5, 6 anos. Não aceitava o ocorrido, não entendia como tudo pudera acontecer sem que tivesse percebido, ele que achava que ia tudo às mil maravilhas em seu casamento. Quando passou a crise maior, ponderou que ele mesmo havia traído Berenice com as colegas e estagiárias da agência de publicidade, e, por mais cuidadoso que tivesse sido, o mais provável é que algo disso deixara transparecer. É difícil fazer com que essas coisas passem inteiramente despercebidas.

Jonas não se conformava com a perda de Berenice e da convivência diária com as crianças. Se ela o deixara por causa de suas traições, pensava, ele estaria pagando um preço alto demais pelo prazer da conquista, pois amava Berenice e as outras mulheres nada significavam para ele. Com elas, o que importava era o jogo da sedução, as trocas de charme, a satisfação de exercer com sucesso a conquista. Jonas achava que, da mesma forma, também para aquelas mulheres ele não contava muito, era apenas um fugaz troféu, um reasseguramento, a prova de que podiam seduzir um homem.

Tempos depois da separação, quando começou a sair com Matilde, Jonas descobriu um novo mundo. Apesar de ter mantido uma vida sexual bem ativa, até aquele momento não havia encontrado uma mulher como ela.

Jonas pensava que Matilde dava ao sexo a devida importância, aquela que ele mesmo dava. Nisso Matilde agia diferentemente de outras mulheres com quem saía. Elas lhe davam a impressão de tratar seu pênis como um visitante ilustre e desejado, mas com o qual não se sentiam à vontade, mantendo com ele sempre uma certa distância cerimoniosa.

Matilde era um jorro de luz, água, som e cor no meio da escuridão, do deserto, do silêncio, do cinza. E Jonas lhe era muito grato por isso.

Capítulo 2

Esta é minha primeira tentativa séria de fazer "literatura". Estou cheio de dúvidas. Uma delas é quanto ao personagem central. Por ser esse personagem um homem bem mais velho e experiente do que eu, temo não o construir de forma verossímil e me perder em estereótipos.

Escrever é uma tarefa solitária. A vontade é pedir a opinião dos amigos. Mas sinto que ela não me seria de muita utilidade. Se me derem uma opinião positiva, vou pensar que é gentileza descompromissada; se negativa, também a descartarei como decorrente de incompreensão, inveja e rivalidade. Eu mesmo é que tenho de acreditar no livro, apostar nele e ver no que vai dar.

Ainda assim, acho que vou pedir a opinião de meu pai. O que ele disser, sei que será de boa-fé.

Capítulo 3

A foto no túmulo de Proust e as associações que lhe despertavam deixavam Jonas constrangido, contendo o impulso de rasgá-la. Era reveladora demais, denunciava todas as suas loucas ambições literárias, fazendo-o lembrar-se de uma conversa tida tempos antes com um amigo, que ouvia enfastiado sua ladainha queixosa e infindável lamentando o fato de não conseguir escrever, apesar de tanto desejar fazê-lo. O problema, dissera o amigo, é que você é pretensioso demais; você quer ser maior que o próprio Proust, de quem você não para de falar e dizer que é o maior escritor de todos os tempos.

Jonas não se importou com a opinião do amigo, no fundo talvez até concordasse com ele. Reconhecia que era muito antiga sua vontade de ser escritor, bem como serem exageradas suas ambições literárias.

Desde que aprendera a ler, Jonas passara a amar os livros. Era um menino solitário, míope, completamente imprestável para os esportes e sem muita habilidade para fazer amizade, o que lhe tornava a vida escolar uma provação diária. Não era nada fácil voltar dos sobressaltos na escola para o frio ambiente de sua casa, onde encontrava sua mãe cansada do expediente na repartição, mergulhada na leitura de livros ou pendurada no telefone em conversas intermináveis com as amigas, seu pai trabalhando em sua oficina de marceneiro amador ou na casa da avó e o irmão menor, tão pequeno que pouca ou nenhuma companhia lhe podia fazer.

Sem perceber que agia de forma semelhante à sua mãe, Jonas também se entregava aos livros ao chegar em casa. Era uma abençoada fuga a entrada noutro mundo, no qual podia viver uma outra vida, tantas outras vidas. Com o passar do tempo, ao amor pela leitura acrescentou-se o desejo de escrever livros, a convicção de ser capaz de fazê-lo, a vontade de ser escritor. Mas por muito tempo manteve essa ambição em segredo, por considerá-la excessiva, algo que o exporia ao ridículo se confessado.

Jonas via os escritores como seres especiais, os únicos capazes de ver a verdade, de perceber as ilusões que envolvem os homens, distorcendo-lhes a visão de si mesmos, dos outros e da realidade, com isso impossibilitando-os de navegar com precisão nas fortes correntezas de amor e ódio que agitam o caos informe da vida. Munidos dessa percepção, pensava Jonas, os escritores passavam a lutar com as palavras, submetendo-as e conformando-as a seus propósitos, obrigando-as a expressarem de forma fidedigna suas ideias, realizando assim a transformação do que haviam vivido e pensado em símbolos impalpáveis de enganosa fragilidade. Isso porque, apesar de sua materialidade se reduzir à tinta negra impressa em página branca, possuíam uma extraordinária resistência, sendo capazes de sobreviver à corrupção da carne, à finitude da vida, e escaparem à foice do tempo, que não os destrói ao tocá-los, e sim os deixa ainda mais polidos e brilhantes.

Ter os escritores em tão alta conta tinha um efeito inibidor sobre Jonas. Embora ansiasse muito vir a ser um deles, temia não estar à altura, não ter o talento necessário. Mesmo assim, enquanto levava sua vida corriqueira, em segredo se preparava para produzir as futuras obras, como imaginava que tivesse ocorrido com todos aqueles que, antes dele, de forma hesitante, vacilando entre a timidez e o estouvamento, teriam um dia ingressado trôpegos pelas árduas veredas que levam à literatura e que, exaustos com a difícil caminhada, se consolaram com a convicção de estarem no caminho certo e de que logo mais chegariam em casa.

Jonas fez os estudos convencionais e, quando teve de definir uma profissão, escolheu a publicidade. Conseguiu entrar no departamento de criação de uma das maiores agências de Fortaleza, na qual se saiu tão bem que logo foi convidado para trabalhar em São Paulo, uma oferta de trabalho irrecusável. Adaptou-se com facilidade à metrópole, onde fez muitos amigos, por meio dos quais conheceu Berenice. Foi um amor à primeira vista. Casaram-se e os filhos vieram. Mas Jonas não estava satisfeito. Apesar de ser respeitado e ganhar bem no trabalho, queria escrever algo mais substancioso e representativo do que textos publicitários; sonhava com a ficção, a literatura, mas se sentia bloqueado, inibido. Logo essa impossibilidade se transformou numa obsessão. Havia uma barreira em sua mente que tinha de ser vencida e ele não sabia como.

Tudo ficou ainda mais complicado quando descobriu a traição de Berenice. Jonas passou a se culpar pelo rompimento do casamento, ele devia ter feito algo errado. Até que ponto sua insatisfação por não estar escrevendo como gostaria teria influenciado, aumentando sua impaciência e irritação, gerando a necessidade de se sentir potente e atraente com as outras mulheres? De que forma sua infância, sua família complicada e meio louca, não teria influenciado? Numa noite, desesperado, começou a bater a cabeça na parede, esperando com isso interromper a cadeia de ideias obsessivas que não o deixavam em paz, acusando-o de ter destruído o casamento e ser um fracasso. Foi quando constatou que havia chegado a seu limite, que sozinho não conseguiria sair do labirinto em que se encontrava. Precisava de ajuda, alguém de fora que lhe jogasse um fio condutor capaz de guiá-lo para além dos becos sem saída nos quais seus pensamentos terminavam sempre por entrar. Procurou um psicanalista e constatou que, aos poucos, conseguiu divisar caminhos no caos; o denso cipoal no qual estava enredado foi-se esgarçando e suas ideias voltaram a circular com liberdade, não mais forçadas a trilhar, de forma compulsiva e invariável, os mesmos enlouquecidos trajetos. O analista o ajudou a entender e controlar os conflitos que não o deixavam concretizar tudo aquilo que tanto desejava, principalmente o escrever, bem como o fez entender melhor as culpas em torno do rompimento de seu casamento.

A análise mostrou que Jonas se sentia impedido de escrever por vários motivos, entre eles o amor que a mãe tinha à leitura. Jonas se aproximara dos livros como uma forma de ser como ela, de estar junto dela, de ser notado por ela, de anular a impressão de que ela não tomava conhecimento de sua presença. Demorou muito tempo para Jonas entender que essa atitude da mãe não era só para com ele. Ela não agia diferente com seu irmão ou com seu pai. Ela era assim com todos. Na verdade, ela parecia não se importar com nada, com ninguém, a não ser com os livros. Sua mãe, como veio a reconhecer mais tarde com a análise, era uma mulher fechada num mundo só dela, resguardada atrás de uma grossa muralha de livros, para quem qualquer contato pessoal era uma incômoda e indevida interrupção em sua leitura. Sempre que Jonas chegava perto dela, sentia que a incomodava, forçando-a a abandonar por alguns instantes o livro que lia e a dar um pouco de atenção para um problema no qual — ela deixava isso sempre muito claro — não tinha o menor interesse.

Assim, desde muito pequeno Jonas se entregou à leitura. O estar com os livros era uma paradoxal forma de estar com a mãe, ao mesmo tempo que compensava, com os universos que a leitura lhe descortinava e a multidão de personagens que lhe oferecia, a solidão e o abandono em que a mãe o tinha relegado. Jonas imaginara que, ao se transformar num leitor, ocuparia um lugar privilegiado junto a ela, pois o hábito da leitura — que só fez crescer no correr dos anos — não era compartilhado pelo irmão nem pelo pai. Ao mesmo tempo, a proximidade com os livros era confundida por Jonas com a desejada intimidade amorosa com ela, o que o enchia de culpa pela conotação incestuosa, proibida e perigosa. Ter prazer na leitura (e, depois, na escrita) significava ter prazer com a mãe, ter triunfado sobre o pai, relegando-o a um segundo plano de uma vez por todas, ele que nunca lera um livro. A leitura do pai se resumia aos trechos do Novo Testamento, textos do missal, o evangelho dos domingos. E jornais. Muito diferente de Jonas, que lia tudo e já tinha devorado a biblioteca da mãe. *O morro dos ventos uivantes, Jane Eyre, Orgulho e preconceito*. Os livros do Pimpinela Escarlate, os policiais, as biografias de Emil Ludwig — *Napoleão* e *Lincoln* —, *O momento supremo,* de Stefan Zweig. Os livros de Pearl S. Buck que falavam dos costumes imperiais da China, de suas mulheres com os pés atrofiados, seus homens seguidores de milenares códigos de honra. Lia tudo, tudo, até mesmo os adocicados livros de M. Delly, o *Anuário das senhoras* e o *Jornal das moças,* cuja coleção encadernada sua mãe tinha desde seus tempos de solteira. Jonas costumava folhear aquela coleção com o coração condoído, pois ali acreditava vislumbrar os sonhos secretos da mocinha que a mãe fora um dia e que, ele pensava, teriam naufragado no casamento com seu pai. Naquele tempo, Jonas considerava que seu pai não estava à altura de sua mãe. Parecia-lhe uma criatura inferior e muitas vezes duvidava que ele fosse, de fato, seu pai. Imaginava que seu *verdadeiro* pai, aquele a quem sua mãe efetivamente amava, um dia iria aparecer e os levaria para uma vida mais condizente com o grandioso destino a que estavam destinados. Tal ideia era facilitada pelo fato de não ter nenhuma semelhança física com o pai. Jonas havia puxado à família da mãe, fazia parte da turma dos *negros*, como diziam na casa do avô materno Ananias.

Enfim, o que Jonas queria mesmo, ao se apegar aos livros, era garantir o amor da mãe, estabelecer um território exclusivo, um lugar secreto ao qual só os dois teriam acesso. Foi duro reconhecer que essa estratégia estava equivocada, descobrir que de nada adiantara seu gosto pela leitura, sua paixão pelos livros. A mãe continuou a ignorá-lo, como sempre fizera. Não seria capaz de tirá-la dos livros nem das amigas, não conseguiria obter sua atenção, seu carinho. Quando finalmente chegou a essa conclusão, Jonas se encheu de ódio por ela e pelos livros, pois reconheceu que eram *eles* seus maiores rivais e não o pai ou o irmão, como sempre pensara. Afastar-se dos livros era o equivalente a se afastar dela, declarar a revolta, o ressentimento pela indiferença que ela lhe dedicava.

Jonas reconhecia a correção das interpretações do analista, pois somente por meio delas conseguira entender alguns de seus comportamentos até então incompreensíveis para ele mesmo, como o fato de não poder dizer de viva voz que queria ser escritor, bem como a maneira inusitada com a qual realizava o próprio ato de escrever. Não sabia por que, mas não conseguia escrever na presença de outra pessoa, tinha de estar sozinho, isolado. Era como se estivesse fazendo uma atividade proibida e vergonhosa, algo errado, ilegítimo, censurável, pelo qual poderia ser punido se fosse descoberto. Por isso, só poderia praticá-la secretamente, de forma clandestina, escondida. Constatara claramente essa sua mania no dia em que foi à casa de um amigo pintor e o viu desenhando na mesa da sala de jantar, ouvindo música e conversando com o resto de sua família que estava no mesmo aposento. Jonas percebeu que estava chocado, como se estivesse presenciando algo obsceno e indevido, como se o amigo estivesse praticando um crime, um atentado ao pudor. O contraste entre a naturalidade com que o amigo exercia sua capacidade criativa e a forma furtiva e culpada com a qual ele exercia o ato de escrever não poderia ser mais evidente.

Estaria o analista exagerando ao dizer que o ato de escrever, o se apropriar da escrita, era, em sua fantasia, a consumação de uma desejada e temida intimidade amorosa com a mãe? Ou que o produto de sua escrita seria — entre outras coisas — um libelo acusatório contra ela por sua atitude distante, bem como uma prova de sua superioridade diante do pai e do irmão?

Estaria nessas ideias a raiz da inesgotável culpa que o consumia, gerando punições as mais variadas, entre elas o próprio impedimento de escrever? Talvez fosse verdade que terminava por imobilizar sua caneta, deixando-a muda, para todo o sempre calada, para não a ver como um pênis amoroso sobre a mãe nem como uma adaga vingativa sobre ela mesma, o pai e o irmão.

Quando recordava essas antigas conversas com o analista, Jonas tentava ridicularizá-lo, imaginando-se a perguntar-lhe como ficariam essas interpretações hoje, quando não mais usava caneta para escrever seus textos e sim o processador de texto do computador. Mas logo abandonava tal atitude, pois sabia que o que estava em jogo não era tanto o ato mecânico da escrita e sim a produção interna de textos literários. Era isso que, em sua cabeça, ficara irremediavelmente ligado à figura da mãe. De qualquer forma, tais pensamentos o faziam ver como tudo havia mudado em tempo relativamente curto. Constatava como o processador de texto e o computador — que considerava já como velhos companheiros — fizeram-no esquecer das agruras próprias do escrever à mão. Apesar de ter feito o curso de datilografia quando meninote e se orgulhar de bater à máquina com todos os dedos, no começo não conseguia criar qualquer texto dessa maneira. Tinha de escrevê-lo à mão, com a caneta Pelikan que tio Lourival lhe dera. Só quando o texto estava mais ou menos nas etapas finais é que ia para a máquina de escrever. Tinha, é claro, que datilografá-lo quantas vezes fossem necessárias, por causa das revisões e das subsequentes correções e rasuras que impunham novas cópias. Essa trabalheira deixou de existir quando começou a escrever direto no computador, usufruindo das imensas facilidades por ele trazidas. Surpreendia-se sempre quando algum escritor lhe confessava que continuava a escrever à mão, como se isso fosse algo a ser valorizado e não um equivocado anacronismo.

A recordação das sessões analíticas fez Jonas se lembrar dos sofrimentos que então o atormentavam, suas antigas inibições e a idealização que fazia da remota e inacessível posição do escritor. Jonas lembrou o grande prazer que sentiu quando finalmente se libertou dos impedimentos internos e começou a escrever, gozando da liberdade de abordar qualquer assunto, escrever sobre o que ou quem quer que fosse, criando personagens e situações dentro das necessidades e possibilidades que a própria ficção engendrava. Foi divertido descobrir que não é apenas o leitor singelo que tende a confundir o autor com o narrador onisciente ou com o personagem que narra na primeira pessoa, perceber que essa confusão decorre da habilidade com a qual o escritor constrói a narrativa e seus personagens e que, quando ela ocorre, é indício de que seus objetivos foram plenamente atingidos. O autor, então, se regozija ao ver que sua mágica, sua prestidigitação, mais uma vez funcionou.

Mas logo Jonas percebeu que essa liberdade de escrever sobre qualquer coisa não era bem assim. Poderia escrever sim o que bem quisesse, mas se fosse para ser lido, devia levar em conta uma série de questões decisivas, como pensar nas consequências que teria de arcar a partir do efeito que sua escrita produziria nos leitores. Suscetibilidades feridas, pessoas melindradas, retaliações, perda de amizades, familiares ofendidos. Numa escala mais abrangente, lembrava-se dos escritores que foram perseguidos pelas autoridades e pagaram muito caro por dizer aquilo que os poderosos não toleravam que fosse expresso. Lembrava-se dos escritores que criaram seus personagens diretamente de suas próprias famílias, como Thomas Mann em *Os Buddenbrooks*, sem se importar com os efeitos disso no relacionamento familiar. Teria coragem de fazer o mesmo? Valeria a pena? Constatou que era difícil, senão impossível, explicar para alguém que se identificou com algum personagem que ele e o personagem não eram a mesma coisa, que o personagem teria sim alguns traços seus, mas que a isso foram acrescentados tantos outros elementos que o afastavam do resultado.

Muitas águas rolaram desde o tempo em que Jonas fazia suas sessões de análise. De fato, depois da terapia, sentira-se mais livre e começara a escrever. Inicialmente, a pedido de uma amiga que trabalhava numa editora, escreveu livros infantis. Teve inesperado sucesso. Seus livros agradaram às professoras e logo foram adotados nas escolas. Sem fechar a porta para o mundo dos livros infantojuvenis, aos poucos Jonas se voltou para o que mais o interessava — escrever ficção para adultos.

Seus romances receberam razoável aceitação da crítica e do público, o que lhe proporcionou muita satisfação, apesar da sua desmedida ambição, que quer vê-los traduzidos nas principais línguas ocidentais, ver seus originais disputados pelas maiores editoras, seus livros dando origem a roteiros de Hollywood...

Para desgosto de sua louca ambição, Jonas ainda está longe de poder viver só da literatura. Continua trabalhando como redator de publicidade, atividade que lhe proporciona um bom padrão de vida, do qual não queria abrir mão.

Capítulo 4

Matilde, tão querida por Jonas apesar de parecer empurrá-la para longe na foto perante o túmulo de Proust, não conseguira fazê-lo esquecer Berenice.

A verdade é que Jonas considerava que entre ele, Berenice e os filhos pairara sempre o fantasma do casamento de seus pais, aquela infelicidade que os torturara lenta e continuadamente, o incomensurável desgaste de um sofrimento ao qual estavam todos condenados. Seu maior desejo enquanto casado com Berenice fora evitar reproduzir com ela o relacionamento difícil que existia entre seus pais. Por isso, o fracasso do casamento fora mais doloroso. Fê-lo pensar que não conseguira escapar de uma temida sina.

Jonas não achava fácil nem simples falar sobre os pais. Era muito dolorido, sempre fora. Em relação a eles, nunca tivera os mesmos afetos que via seus amigos professarem pelos pais deles — admiração, amor, respeito. Os sentimentos mais imediatos e perceptíveis que seus pais sempre lhe suscitaram eram uma inextricável mistura de ódio e amor, à qual se seguiam ressentimentos, irritações, desprezo e culpa.

Pensar nos pais, mortos há tantos anos, fazia Jonas sentir de volta a loucura mansa e perigosa que deles emanava, o desapego à vida, a melancolia, o recolhimento num mundo sem luz ou alegria, regido por medos e preocupações, o distanciamento entre o pai e a mãe, ela sempre às voltas com os livros, distante, perdida noutros mundos.

Relembrar o passado fazia Jonas refletir não só sobre sua relação com Berenice e com as crianças, mas também sobre a sua própria postura diante da vida e, assustado, temia ver em si mesmo a insanidade triste de seus pais, o pouco amor à vida que eles demonstravam, a indiferença, o distanciamento de qualquer prazer e divertimento. A leitura da mãe não se poderia considerar como uma atividade prazerosa, uma diversão. Era mais uma fuga compulsiva de uma situação sufocante e infeliz. E receava que essa antiga infelicidade invadisse também sua nova vida com Matilde.

"Pode até ser que Berenice tenha rompido nossa relação por outros motivos, mas me atribuo toda a culpa. Não consegui salvar o casamento das emanações do desastre ininterrupto que presenciei na casa de meus pais. Mais verdadeiro seria dizer que continuo tentando sobreviver a esses miasmas, não permitir que eles destruam minhas chances de felicidade, não os deixar impor seu selo fatal em minha existência" — seria esse o bordão, o tema de fundo da análise de Jonas.

Embora toda família se observada de perto tenha seus problemas, Jonas pensava que a sua excedia a média geral. Durante seus primeiros anos de vida, estava imbuído da ideia de pertencer a um clã importante e poderoso. Tinha conhecimento de que viviam em tempos de vacas magras, estavam sempre com problemas de dinheiro. Mas havia a convicção arraigada de que algum dia, de alguma forma, tudo seria resolvido, quando tudo voltaria ao "normal". As dificuldades financeiras nunca eram vividas como uma efetiva ameaça. Sabiam que no momento decisivo, se precisassem mesmo, alguém da família os socorreria. Se não fosse o tio Lourival, irmão de seu pai, seria um dos irmãos da mãe.

Tomar consciência, com o correr dos anos, de que sua família não tinha o poder e a importância que lhe creditava — e tal crença fora-lhe inculcada pela mãe — foi uma desconcertante surpresa.

Já adulto, Jonas imaginava que, se pedisse a um de seus vizinhos uma descrição de sua família, ele diria algo assim:

— É um pessoal meio esquisito, aquele lá. O dono da casa, o português, um fulano até bem apessoado, é de poucos amigos, se encontra algum vizinho na rua, passa direto sem cumprimentar. Os filhos são meninos mofinos, vivem trancados em casa, não brincam com os demais. A mulher, bonita mas de uma antipatia a toda prova, está sempre com um livro na mão e se dá ares de intelectual, como se fosse indigno de sua parte se dirigir a qualquer um dos vizinhos, os quais obviamente considera muito abaixo de sua classe social.

Como era de se esperar, tudo isso foi bastante explorado em sua análise, o que o ajudou a compor uma imagem dos pais menos distorcida pelos sentimentos que eles lhe despertavam.

Em algum momento da análise, Jonas escreveu três pequenos textos sobre os pais e suas famílias e os deu para o analista. Na tentativa de manter um certo distanciamento, apelou para o recurso de usar a terceira pessoa, como se estivesse falando de um outro sujeito e não de si mesmo. Era uma tentativa de exorcizar a mãe e o pai, de prendê-los nas palavras impressas no papel e não deixar que eles continuassem a assombrar sua vida. Anos depois, reencontrou tais textos, que lhe pareceram confusos, atrapalhados, pouco claros. Mas foi o que conseguiu escrever na época.

A MÃE

A mãe de Jonas, é inegável e impossível não o reconhecer, sempre se deu otimamente com seu próprio corpo. Cuidava dele muito bem, reservando-lhe o tempo e a atenção que não dispunha para mais nada, com exceção de seus queridos livros e algumas poucas amigas. Sobrava muito pouco para o resto, os filhos e o marido.

Tinha um rosto alvo muito lindo, regular, simétrico, no qual o nariz longo e afilado dava um ar aristocrático. Seus olhos azulados estavam encobertos por pálpebras permanentemente toldadas, a meio pau. Isso reforçava a impressão de soberba, distância, indiferença e frieza. Estava sempre preocupada com seus vestidos, procurando costureiras para reformá-los segundo a moda do momento, desde que não podia comprá-los com a frequência desejada. Gostava de cores sóbrias e raramente se permitia um estampado mais vistoso. Tinha obsessão com o peso e ia sempre aos médicos solicitar dietas que lhe garantissem a silhueta.

Apesar de magra, achava que tinha uma pequena barriga. Para disfarçá-la, usava cintas que encomendava a uma costureira especializada nesse tipo de lingerie. Mas só as usava em determinadas ocasiões, quando chegava em casa esbaforida para tirá-las. Livre das cintas, respirava aliviada.

Quantas vezes Jonas não olhou aquela pesada cinta suada, que tinha estado em contato próximo com as mais íntimas partes de sua mãe? Mal ela saía do banheiro, onde a deixava pendurada, Jonas ali se trancava, fascinado por aquele perturbador objeto. Não era mais uma das calcinhas da mãe, largas e amplas, feitas de algodão, e que ele via no depósito de roupas para lavar, sem nelas se deter mais demoradamente. A cinta era diferente. Feita com um pano forte, cheia de costuras e entretelas que lhe davam uma consistência semirrígida, parecia uma armadura, uma couraça. Da cinta emanava uma essência poderosa, misteriosa, que o fazia olhá-la com respeito — aquilo era algo que controlava a incontrolável mãe, era algo que submetia e subjugava suas carnes magras e duras. Tinha um cheiro inebriante, diferente, inabitual, cuja procedência ele mal ousava imaginar e o deixava siderado.

Sua mãe fazia questão de ter a *cútis alva e aveludada*, como supostamente todas as mulheres deveriam ter, a crer num anúncio de cosméticos da época. Para tanto, usava uma grande quantidade de cremes e loções que enchiam os armários do banheiro e sua penteadeira. Era comum vê-la, durante o dia, lendo seus livros com o rosto lambuzado com óleos e cremes das mais diversas cores.

Andava sempre ereta e altiva, com a postura que tinha aprendido no colégio caro que frequentara, mantendo a pose elegante da grande dama que julgava ser.

Jonas não sabia se a mania de ler da mãe decorria de seu trabalho como bibliotecária no Arquivo Público, ou o contrário, se procurara um trabalho que permitisse satisfizer um gosto já existente.

Quando estava com uns quarenta e tantos anos, ela sofreu um grande golpe. As dores na perna esquerda, das quais se queixava com frequência e que eram atribuídas a um precoce reumatismo, terminaram por se revelar como um câncer ósseo que exigiu a amputação da perna acima do joelho. Recuperou-se bem da cirurgia e com grande estoicismo seguiu o programa de reabilitação e treinamento para o uso da prótese. Passou a andar com uma bengala e mais do que nunca aprumava a coluna para caminhar. A prótese, a bengala, o andar compassado e duro só fizeram aumentar a aparência de distanciamento que dela emanava, mas também lhe davam uma especial dignidade merecedora de deferências. Como semi-inválida, abatida em desconhecidos combates, os estranhos a olhavam com respeito e os conhecidos não lhe faziam grandes exigências. Ela passara a ter uma excelente desculpa para evitar qualquer compromisso e ficar em paz com seus livros. Um dos poucos comentários que fazia sobre sua nova condição é que dava graças a deus por não lhe terem tirado a visão. Que levassem a perna, tudo bem, mas não toleraria ficar impossibilitada de ler.

Poderia ter-se aposentado, mas não o fez. Dizia amar o trabalho e odiaria ficar sem fazer nada em casa. Tinha a turma da repartição. Mas Jonas, embora a visse falar com as amigas ao telefone, percebia seu grande interesse pelo Seu Juvenal, um colega sempre elogiado como um homem inteligente, grande leitor, culto e bem-educado. Algumas pessoas do Arquivo Público faziam parte de um clube de leitura que deixava o pai de Jonas enciumado, olhando com desconfiança os telefonemas, a combinação de encontros, reuniões e jantares de confraternização.

No final da vida, antes de estar totalmente confinada, era uma complicação quando tinha que sair de casa. Qualquer passeio era um grande transtorno, pois fazia questão de se apresentar impecável, o que lhe demandava muito tempo e esforço. Vaidosa, queria sempre se certificar de que o vestido escolhido não estava muito fora da moda. Como invariavelmente procuravam tranquilizá-la dizendo que não, ela se irritava, queixando-se de que a tratavam como uma velha tonta.

A relação de Jonas com a mãe nunca se recuperou da desilusão que tivera ao perceber que, gostando ou não de ler, pouca atenção ela lhe dera. Ela já havia morrido quando ele, alguns anos depois, começou a escrever. Jonas, muitas vezes, fica imaginando o que ela teria dito sobre seus livros.

Quando conseguia se afastar do ressentimento que a mãe lhe provocava, Jonas pensava na vida que ela tivera e concluía que ela nunca fora uma mulher feliz. Durante muitos anos, Jonas culpara seu pai, que não pôde dar à mulher uma condição de vida condizente com aquela que ela recebera na casa do pai dela, o avô Ananias, um abastado fazendeiro. Esse parecia ser o motivo das frequentes brigas do casal. Mas ao equacionar assim o problema, Jonas não levava em conta a existência do Seu Juvenal, apesar de ter ouvido o pai muitas vezes se queixar de que a mulher conversava demais com ele ao telefone, não entendia como podiam ter tantos assuntos, desde que se viam diariamente.

"Ele não era um déspota esclarecido, como Frederico da Prússia ou Catarina de Médici. Era um déspota ***não*** esclarecido" — dizia a mãe nos raríssimos momentos em que se permitia falar mal de seu pai, o avô Ananias.

O avô de Jonas fora um tirano violento que só valorizava os filhos homens. Tratava a mulher e as filhas como seres de quinta categoria. Apesar de ter esboçado alguma resistência contra essa visão do pai, a mãe de Jonas dela não saiu incólume. Durante toda a sua vida, alternou uma desafiadora rebeldia contra os homens, especialmente contra o marido, com uma forte depreciação da condição feminina, que muitas vezes a levava a se queixar da sina de ser mulher num mundo regido pelos homens.

Como moravam no interior, a mãe fora mandada para o melhor colégio interno da capital e ali conviveu com meninas que viriam a ser as grandes damas da sociedade, a esposa do governador, a amante do prefeito, as mulheres dos ricaços. A mãe, que no colégio cultivara tais amizades, progressivamente delas se afastara, terminando por se ver separada das amigas por intransponíveis montanhas de dinheiro. Durante a infância, muitas vezes Jonas ouvia suas histórias do tempo do internato, quando convivia com aquelas meninas que se transformaram em mulheres poderosas, de grande prestígio social.

Antes do nascimento do irmão, Jonas não sentia a mãe tão distante, mergulhada em leituras infindáveis. Amava-a com paixão e não tolerava se afastar dela. Ficava atormentado cada vez que ela se ausentava. Se a mãe não o levasse junto ao sair, era imediatamente tomado pela enlouquecida certeza de que ela não voltaria viva e ele seria para sempre um infeliz órfão — palavra que o enchia de um intenso pavor toda vez que a ouvia ou nela pensava. Ficava entregue a uma profunda angústia até sua volta e se surpreendia que não notassem a intensidade de seu desespero, matutando se isso acontecia por desatenção dos outros adultos da casa ou por não deixar transparecer o avassalador medo que o consumia. Ou talvez, pensava anos depois, o desespero que sentia não era tão grande assim, essa era uma falsa lembrança construída posteriormente. Se o desespero fosse mesmo assim, não teria conseguido ocultá-lo. Obcecado com a ideia fixa da morte de sua mãe, Jonas acreditava que, se ela morresse, não aguentaria sua falta e também morreria.

Seriam enterrados juntos e imaginava sempre a mesma cena: o caixão grande da mãe e seu pequeno caixão ao lado.

Estar longe da mãe lhe provocava sempre esse mal-estar inarticulado, que não conseguia expressar em palavras. Tudo piorou quando nasceu o irmão. Um desespero sem nome o invadia diariamente quando se aproximava o momento de ir para a escola. Era um sentimento que lhe rasgava as vísceras — um frio na barriga, um oco no estômago, que lhe deixavam as mãos geladas e úmidas. A angústia lhe bloqueava o pensamento e o impedia de raciocinar, interagir, brincar com os colegas. Nas aulas, ficava como um zumbi. Anos depois, Jonas questionaria também essa lembrança. Se fosse verdadeira, como explicar que estava sempre entre os primeiros da classe? Não batia bem uma coisa com outra.

Uma ou outra vez tentou conversar com a mãe sobre o pavor que sentia todo o dia ao ir para a escola. Não conseguiu se expressar bem, pois nem ele mesmo entendia tais sentimentos, e ela, por sua vez, pensou que Jonas se queixava dos professores ou dos colegas. Sem conseguir explicar melhor, Jonas desistiu e nem pensou em falar sobre isso com o pai, pois não falava mesmo nada com ele. Foi a partir dessa ocasião que Jonas passou a sentir mais intensamente o afastamento da mãe, que ficava cuidando do irmão ou se entrincheirava longe dele, atrás da inexpugnável barreira de livros.

A mãe raramente cantava e, quando o fazia, entoava hinos da igreja, embalando seu irmão para dormir. Jonas ficava particularmente tocado com um deles que dizia algo mais ou menos assim:

cansada por demais
das lutas desta vida
contigo hei de estar
para sempre repousar

Aquela cantoria tocava fundo no coração de Jonas; julgava ver nela a expressão de um desespero da mãe, um desinteresse e a exaustão com as tarefas de casa, um desamor pelos filhos, o desgosto com a vida que levava e até mesmo um desejo de morrer, a vontade de "para sempre repousar". Diante do que julgava ser uma manifestação da infelicidade da mãe, Jonas se culpava, pensando que o desalento dela se devia também aos aborrecimentos e canseiras que ele e o irmão lhe causavam.

Quando finalmente se convenceu de que o hábito da leitura não alicerçava uma aliança exclusiva com ela, Jonas se aproximou mais do pai e do irmão. Mas logo se afastou deles, preferindo a companhia dos tios maternos.

Jonas poucas vezes conseguiu mostrar para a mãe o ressentimento que lhe tinha. Uma delas aconteceu numa ocasião muito mais tarde, quando viajaram juntos para Gramado e Canela; era época do Natal. Tinha convidado os pais para jantar num bom restaurante. No meio da refeição, a mãe avisou que não se sentia bem; queixou-se de náuseas e disse que temia vomitar. Disse isso num tom ambíguo, familiar a Jonas; o tom de alguém que dá displicentemente uma informação sem importância e, ao mesmo tempo, exige uma providência imediata, como se o que acabara de dizer fosse algo de suma gravidade.

Jonas sentiu subir dentro de si uma incontrolável onda de ódio. Sentiu como se a vontade de vomitar da mãe representasse a rejeição, a recusa em aceitar toda e qualquer oferenda de amor que ele lhe fizera insistente e obstinadamente por toda a vida.

"Vá pra merda", foi o que Jonas teve vontade de berrar para que o restaurante todo ouvisse. Mas, numa voz baixa e cortante de quem encerra o assunto e não admite mais conversa, disse: "Você não está sentindo nada; são os nervos, passa logo".

Ela se calou e nada mais disse até o final do jantar. Voltando para o hotel, no carro, Berenice tentava puxar assunto, fazer comentários sobre o restaurante, o *chef*, o cardápio, mas a mãe se manteve num silêncio gelado, constrangedor. Não voltaram a falar sobre o acontecido, mas Jonas pensou que ela se afastara alguns milímetros a mais do habitual, que sua frieza também aumentara. Lamentou o acontecido e tentou consertar as coisas. Terminou por considerar que não era possível, que sempre haviam sido daquele jeito e continuariam a sê-lo.

Alguns dias depois do incidente, estavam em Gramado; ele a encontrou sozinha no hall do hotel. Berenice, o pai, os filhos, todos tinham saído para passear pela cidade e só a mãe ficara, alegando cansaço. Estava sentada numa poltrona perto das janelas abertas para o jardim. Jonas estranhou sua expressão e se sentou a seu lado. Ia começar a dizer qualquer coisa, quando, sem nenhum aviso prévio e enchendo-o de grande mal-estar, ela começou a chorar.

Assustado, Jonas percebeu que até então pouco vira a mãe chorar. Era um choro estranho, um tanto teatral, desesperado; não parecia combinar com ela. Ela chorava e dizia que não queria mais viver, não via mais sentido em nada, queria morrer, pensava em se matar.

Como ocorrera no jantar, ao invés de se condoer com seu sofrimento, Jonas ficou extremamente irritado. Mais uma vez, sentiu crescer dentro de si a raiva contra ela. Pensou que aquele desespero era a arma que ela usava para atacar sua felicidade, uma forma de destruir aquilo que ela estava percebendo na convivência proporcionada pela viagem — que ele era feliz com Berenice e as crianças, que era feliz como talvez ela mesmo nunca fora, que ele era feliz longe dela, que sua felicidade não mais dependia dela, que já estava longe o tempo em que achava que precisava amar os livros para ser amado por ela.

Reconhecer que se sentia assim não era fácil para Jonas. Tampouco o era atribuir a sua mãe esses sentimentos mesquinhos e malévolos, acrescentando-os à sua costumeira frieza e distanciamento. Mas tinha a convicção de não estar equivocado em sua apreciação.

Restava-lhe, como consolo, pensar que seu comportamento e suas atitudes, que nele provocavam tanto sofrimento, derivavam de antigas dificuldades por ela vividas; não era algo voltado especificamente contra ele.

Queria acreditar que, tanto ele quanto ela, não tinham apenas sentimentos negativos um em relação ao outro. Em algum lugar de seus corações, afetos mais compassivos e amorosos estariam esperando que a vida lhes oferecesse oportunidade para vir à tona e compensar os estragos já ocorridos.

Jonas não esquecia a vez em que, tempos antes, contendo uma inesperada emoção, a mãe lhe dissera *quando eu morrer, ao pensar em mim, lembre-se de que sempre gostei muito de você*. Jonas ficara tocado. Era uma declaração inusitada por parte dela, sempre tão econômica na expressão de sentimentos. Mas não lhe passara despercebida a forma arrevesada da frase, que se reportava a um futuro no qual ela seria por ele lembrada e, ao evocar essa lembrança, ela enfatizava, não devia ser descartado o fato de que ela um dia *gostara* dele. Nem aí ela admitia que o tinha *amado*, apenas *gostado*. Ainda assim, por mais insuficiente que fosse essa afirmação, por mais distante que estivesse do que esperava, Jonas a guardara como uma preciosidade a ser protegida da corrosão geral que a tudo o tempo impõe.

Com seus próprios filhos, Jonas vivia uma situação penosa. Muitas vezes se via invejando-os por achar que eles tinham um pai e uma mãe muito melhores dos que ele mesmo tivera. Tais pensamentos o paralisavam, pois colocavam-no, assim como Berenice, como melhores pais para seus filhos do que seus pais foram para ele, o que o enchia de culpa, pois sentia que estava atacando e acusando os próprios pais, sem reconhecer tudo o que recebeu deles. O resultado não era bom. Não era raro que, movido pela culpa, terminasse por boicotar atos e gestos que favoreceriam uma relação mais calorosa com os filhos.

A esse tipo de sentimento, Jonas acrescentava outro, paradoxal e oposto. Sofria por se ver como um mau pai. Um pai que nunca dava atenção aos filhos, não os acompanhava nas horas certas e necessárias. Uma figura distante, longínqua, inacessível, abstraída do mundo.

Tentava defender-se dessa autoacusação lembrando as interpretações que o analista muitas vezes lhe dera. Aquelas autoacusações não passavam de um disfarce da acusação que fazia initerruptamente à própria mãe e — por motivos diversos — ao pai.

Quando se impacientava com os filhos, com suas corriqueiras brigas e arruaças, suas birras, suas atitudes de desafio, procurava raciocinar que estava vivendo episódios da luta entre as gerações. Há não muito, estava no lugar de filho. Agora se posicionava no campo oposto. Era o pai.

Seguindo a ordem natural das coisas, os filhos terminam sempre por vencer essa luta. Afinal, os pais morrem antes, ficando com os filhos o grande trunfo da vida. Mas a coisa não é tão simples. Quase sempre os pais mortos continuam a viver na mente dos filhos, ali exercendo um poder ainda mais forte do que aquele que possuíam enquanto vivos.

O PAI

Quando alguém chega a um lugar, aqueles que ali estão o recebem com um olhar. Nesse momento, é essencial que o recém-chegado tolere o peso desse olhar inquisitivo e penetrante, pois é com ele que os seres humanos se avaliam em sua força vital, em suas potencialidades amorosas e agressivas. Esse olhar, movimento inaugural de qualquer vínculo possível entre as pessoas, procura ver os defeitos, mas também reconhece as qualidades. Suportado esse olhar, no momento seguinte, aquele que chega é incorporado ao grupo e, ali instalado, passa, ele próprio, a exercer o mesmo olhar investigativo sobre os que ali já se encontram e sobre os que continuam a chegar, estabelecendo estratégias adequadas de aproximação ou evitação para com eles.

Procurando fugir do peso do olhar do outro, o pai de Jonas nunca entrava pela porta principal. Procurava acessos laterais, o que diminuía, mas não impedia, que o olhar incidisse sobre sua pessoa. E, ao perceber esse olhar, ele mirrava e se apagava, sua coluna se dissolvia e não mais o sustentava, achatando-o no chão. Ele desmoronava na tentativa de passar despercebido.

Para ele, era um verdadeiro suplício qualquer situação na qual tivesse de encontrar muita gente. Por causa desse modo de ser de seu pai, as festas de família, os aniversários e as reuniões de pais-e-mestres na escola eram sempre ocasiões tensas, difíceis, que deflagravam brigas, confusões e vexames em sua casa.

Havia uma cena que se repetia todo ano, causada pelo aniversário do avô Ananias. Jonas até digitaria assim: ***O ANIVERSÁRIO DO AVÔ*** — em caixa-alta, negrito e sublinhado — se quisesse dar uma ideia gráfica da importância que essa extraordinária data tinha para toda a família, data sagrada que jamais alguém ousaria ignorar ou profanar.

Era impensável faltar ao almoço protocolar que era então preparado. O avô exigia que estivessem presentes os quatorze filhos, seus cônjuges e as dezenas de netos. Mais de cem pessoas lotavam o grande casarão. Ninguém parecia muito à vontade na festa, o desconforto era geral. Todos aguardavam com impaciência que o almoço fosse servido logo, para poder finalmente sair dali, aliviados por terem vencido mais uma daquelas difíceis provações.

Mais que qualquer outra coisa no mundo, o pai de Jonas odiava tal festa. Com muitos dias de antecedência, ele começava a dizer que não iria, não iria mesmo, não iria de jeito nenhum ao almoço de aniversário do sogro, o avô Ananias. Não, ele definitivamente não iria ao almoço. Não queria encontrar o cunhado Luciano, menos ainda o Joca e o concunhado Luís. Estava brigado com eles e não gostava do sogro. Não, ele não iria.

Tal ousadia era inaceitável para a mãe de Jonas e tinha o extraordinário poder de desorganizá-la, de afastá-la dos livros, nem que fosse por um rápido intervalo. Tomada de ódio, ela o xingava aos gritos, descontrolada. Ele teria que ir ao almoço. Sua ausência, como a de qualquer outra pessoa da família, seria uma intolerável ofensa a seu pai, ela não admitiria.

Mudos e apreensivos, Jonas e o irmão seguiam o desenrolar das hostilidades, sabendo de antemão que, como nos anos anteriores, o pai iria sim; ele cederia e iria ao almoço de aniversário do avô, em que o observariam de longe, banhado em suor, um suor que atravessaria sua camisa branca e empaparia lentamente o paletó de linho, avançando insidioso, esboçando massas e volumes ao escurecer a cor bege-claro do tecido, desenhando nele o mapa do desconhecido mundo de angústia do qual o pai era infeliz prisioneiro, para sempre impossibilitado de escapar.

Muitos anos depois, Jonas concluiria que o pai tinha toda a razão de não querer ir à casa do sogro, pois não gostava mesmo dele nem dos cunhados. Sentia a hostilidade e suspeitava que a mulher — sua mãe — se omitia quando seus irmãos faziam gozações e ridicularias sobre os "portugueses", se é que não se aliava a eles nas provocações. Além do mais, o pai suspeitava da infidelidade da mulher e temia que a família dela soubesse de tudo e que o ridicularizasse pelas costas, pobre corno.

O mal-estar do pai de Jonas com a família da mulher se estabelecera antes mesmo do casamento, quando ele fechara a pequena venda de material de construção que tinha e entrara como sócio minoritário numa das lojas de tecidos do irmão da mulher. Logo o temperamento difícil do cunhado Joca se impôs e o pai, por comodismo ou por não ter reais alternativas, terminou por se submeter, ocupando um lugar irrelevante numa sociedade fictícia, na qual dissipou sua força de trabalho até se aposentar por tempo de serviço.

Durante alguns períodos nos primeiros anos de sua infância, Jonas pensara que aquele não era seu verdadeiro pai. Era apenas um ser sem muita importância que, por motivos incompreensíveis, tinha conseguido casar com aquela mulher extraordinária que era sua mãe, uma inteligência privilegiada, como sua imaginação estabelecera. Seu pai era uma espécie de humilde São José. Jonas não se apercebia de que, ao desenhar assim sua família, se colocava num lugar muito especial.

Mesmo até há pouco, quando pensava no pai, os sentimentos afloravam em Jonas com uma forma confusa, difícil de discernir. Primeiro, um misto de estranhamento e culpas. Somente então, e com muito esforço, aparecia o amor.

Se fosse para começar pelo amor, Jonas falaria de uma qualidade do pai. Sua maior qualidade. A fidelidade, o desvelo, a dedicação. Ele estava ali. Sempre. Mudo, calado, mas ali. Uma fidelidade canina. Tão reconfortante, calorosa, impotente, tocante, incômoda, constrangedora quanto a fidelidade de um cão.

Em uma ocasião, Jonas leu no *Tesouro da Juventude* uma história que o deixou emocionado. Era sobre o cão de um pastor que acompanhara o funeral de seu dono e se recusara a voltar para casa, com isso deixando o amo abandonado no cemitério. Ficara ali a postos, esperando que ele reaparecesse. Como era inverno com grandes nevascas, o cão foi encontrado morto na manhã seguinte, em cima do túmulo. Uma lealdade exemplar.

É o que ocorria de melhor a Jonas, quando se lembrava do pai. O pai, um cão fiel. Ele estava ali. Presente, dando a mesma ajuda que um cão de estimação daria a problemas graves e complicados, como o deparar-se com as complexidades da vida, a descoberta do sexo, o medo do futuro, a procura de um caminho. A partir de determinado momento, uma fidelidade inútil, desnecessária. Ele latia para os de fora, via com desconfiança os que se aproximavam e, equivocado, queria defender os filhos de supostos inimigos. Mas estava ali.

Jonas acordava, Jonas ia dormir, Jonas sabia exatamente onde o pai estaria a qualquer hora do dia ou da noite. Será que sabia mesmo? De qualquer forma, acreditava que poderia encontrá-lo sempre, embora também soubesse que isso de muito pouco lhe serviria. Numa emergência, o pai nada faria, pois nada saberia fazer além de ficar ali.

Mas é só isso que Jonas poderia dizer em nome de seu pai? Nada mais haveria a seu favor? Não seria um tanto cruel fazer tal afirmação? Entretanto, Jonas temia que fosse isso mesmo. Por mais que se esforçasse, esse parecia ser o único motivo que tinha para amá-lo. E, mesmo assim, com forte empenho, num deliberado esforço que mal se sustentava, pois logo esse amor ia sendo solapado por sentimentos opostos, contraditórios, dando vez ao ressentimento, ao ódio, à pena e à culpa.

AS FAMÍLIAS

Já adulto, tentando entender o que sentia pelos pais, Jonas concluiu que eles nunca deixaram de ser — antes de tudo — filhos de seus próprios pais. Consequentemente, não conseguiam se ver como pais de seus filhos. Jamais conseguiram sair de suas famílias de origem e fundar a sua própria. E eram famílias bem complicadas.

Um antepassado da mãe, talvez o tataravô ou ainda em gerações mais remotas, que descendia diretamente de portugueses, havia se casado dentro de sua classe social e gerara muitos filhos com a esposa; e também plantara sua semente numa cria da casa, uma meninota mestiça de índios e negros, dando origem ao ramo bastardo da família. Como possuía muitas terras, o patriarca lhes deu um pouco delas, gerando uma disputa com os herdeiros legítimos que durou décadas. A mãe de Jonas vinha da "segunda classe", que é como chamavam o lado bastardo da família. A marca da bastardia se inscrevia em seus corpos, marcando-os com cores e formas diferentes. Nesse ramo da família havia os *negros,* que tinham a pele escura em variadas gradações, cabelo mais crespo e narizes mais largos, grupo do qual Jonas fazia parte, e os *brancos,* de olhos e cabelos claros, alvinhos como a mãe, alguns cheios de sardas, pois dizia-se que, além do português, tinham também sangue holandês, dos tempos de Maurício de Nassau.

Já os familiares do pai imigraram de Portugal imediatamente depois da Primeira Guerra Mundial e se estabeleceram em Fortaleza, onde viviam do pequeno comércio, donos de botequins e padarias.

A mãe reverenciava o pai fazendeiro como a um deus e durante toda a sua vida não havia uma única conversa em que, de uma forma ou outra, ele não fosse lembrado.

O pai, por sua vez, muito frequentemente ia visitar a mãe viúva e o irmão Lourival. Jantava em casa com a mulher e os filhos e logo os deixava. Ia para a casa da mãe, onde ficava até a hora de dormir.

Havia uma divisão inconciliável, uma forte polaridade entre a família da mãe e a família do pai. Apesar da mancha bastarda, a família da mãe se achava muito importante e desprezava a família do pai, imigrantes recentes de poucos recursos. Jonas parecia fisicamente com os *negros* da família da mãe, em nada se assemelhava ao pai, alourado, com olhos claros. Talvez essa fosse uma das razões pelas quais, quando criança, acreditara ser filho de outro homem. Depois de algum tempo esqueceria tal ideia, acompanhando o pai em suas idas à casa da avó, onde ficava ouvindo suas intermináveis conversas com o tio Lourival.

Jonas sabia que o avô paterno Antônio havia morrido, mas pouco se falava dele, nem fotos suas havia pela casa. O que se dizia era que, muitos anos antes, fora para Portugal visitar os parentes que continuavam a viver ali; surgira uma oportunidade de trabalho, ele foi ficando, depois foi transferido para a França e nunca mais voltou. Era uma história mal contada, que não convencia o neto. Ele perguntava mais coisas sobre o avô, queria pormenores, explicações, detalhes. Como assim, "foi ficando" em Portugal e depois na França? E a mulher, os filhos? Por quê? As respostas, evasivas e inconsistentes, desencorajavam as perguntas.

Jonas gostava da comida da avó paterna, seus pastéis de Santa Clara, suas bacalhoadas, e odiava a comida da casa do avô materno. Incorria num pecado imperdoável de não gostar de jaca nem de arroz com pequi, tidas pela família da mãe como duas guloseimas irresistíveis, mas que lhe provocavam engulhos só em sentir o cheiro. Lá, ele definitivamente era um dos "portugueses", alvo de invariáveis e irritantes piadas.

Com 12 ou 13 anos, Jonas se afastou dos "portugas" da família do pai e se aproximou dos irmãos da mãe. Ao voltar da aula de inglês à tarde, passava pela loja de tecidos do tio Joca e ficava envergonhado ao ver o pai de pé, ao lado das peças de pano, atendendo às clientes, cortando a metragem pedida, às voltas com morins, algodões, tules, algodãozinhos, piquês, filós, sedas, jérseis. Logo ele que tinha tanta dificuldade de estabelecer contato, de estar próximo das pessoas. Devia ser bem difícil para ele, pensou Jonas anos depois. Mas naquele tempo fazia de conta que não o via e subia correndo a escada para o andar de cima, refugiando-se no escritório, onde se deliciava com o ar-condicionado gelado e com as conversas do tio Joca, que discorria sobre automóveis e mulheres. Uma vez por semana ficava até a hora em que fechavam a loja e ia no carrão do tio Joca tomar sorvete na praia. Via o pai saindo a pé, caminhando apressado para casa, pois não tinha carro e jamais era convidado para ir junto tomar sorvete.

Jonas às vezes se culpava pela forma como tratava o pai e não entendia por que ele tolerava sua impertinência e falta de respeito. No fundo, queria que ele o repreendesse e exigisse a consideração que lhe era devida. Por que o pai não fazia isso? Era como se, diante de suas provocações, o pai não ligasse a mínima, respondesse com a mais completa indiferença.

Mas era estranho. Jonas sabia que não podia dizer que o pai não se importava com os filhos e a mulher, não podia dizer que era indiferente a eles. Pelo contrário, atribuía-lhe uma inabalável fidelidade e dedicação. Havia algo errado que Jonas não conseguia entender, alguma coisa que impedia o pai de estar efetivamente com a mulher e os filhos. Será que ele se importava mais com a mãe viúva e com o irmão Lourival, apesar de ela não lhe dar muita atenção, pois estava totalmente voltada para o tio Lourival, que era seu filho preferido? Por que iria o pai lá quase toda noite depois do jantar, se era o filho preterido? Por que não ficaria em sua própria casa, com a mulher e os filhos? Continuaria tentando conquistar o amor da mãe? E o avô, por que ninguém falava nele? O que teria acontecido com ele?

O pai era um mistério. Ainda menino, numa ocasião, ao acender a luz da despensa onde fora buscar algo, Jonas tomou um susto ao se deparar com o pai imóvel no escuro e minúsculo cubículo. O pai riu sem graça. Em voz baixa, para não ser escutado em outros aposentos, procurou dizer algo que disfarçasse seu embaraço, apelando para a cumplicidade de Jonas. Perplexo, cheio de vergonha e raiva, Jonas viu que o pai mentia e saiu correndo. Não falou para ninguém o que ocorrera, mas ficava imaginando o que aconteceria se contasse para a mãe. O que estaria ele fazendo ali? Lembrou-se de que, tempos antes, a mãe lhe contara que a vizinha lhe dera um enigmático conselho — que não deixasse o marido sozinho com as empregadas por muito tempo. Os homens eram pouco confiáveis e as empregadas menos ainda! A mãe achou descabido tal aviso e não deu atenção ao que a vizinha disse.

Quando os valentões de sua escola o humilhavam por ser o mais novo da turma e por usar óculos, a mãe logo dizia: "não ligue pra essas bobagens, você é superior a esse bando de medíocres que invejam sua inteligência". Mas ela estava equivocada. Jonas se importava com os colegas e não se achava superior a eles. Teria preferido que o pai lhe dissesse algo que o ajudasse, alguma coisa como "defenda-se, filho, não deixe esses moleques folgarem com você. Parta a cara de quem te encher o saco!".

Mas o pai não podia dizer-lhe isso, pois ele mesmo nunca se defendia adequadamente; nunca partia a cara daqueles que lhe enchiam o saco, os que o humilhavam e espezinhavam. Ele se calava e se afastava, como Jonas via acontecer na casa do avô Ananias ou na loja do tio Joca.

O pai ficava parado, mudo, uma pedra a ser removida. Era essa sua forma de resistir. Ser como uma pedra, uma força bruta estática, um estorvo, um incômodo; e assim se mostrava — imóvel, inexpressivo, uma opaca presença em surda resistência. Ali estava, ali *ficava*. Não defendia sua permanência, não se justificava, não se explicava. Se não gostassem, que o removessem. Mas ele não facilitaria em nada tal operação.

A partir de determinada data, muitas vezes Jonas temia agir da mesma forma que o pai, com a mesma atitude que antes tanto o irritava. Comportava-se como ele — atrapalhado, constrangido, aparentando limitações intelectuais. Dessa forma, sacrificava-se no altar erigido em sua memória, queimando como incenso suas capacidades e seus talentos, reduzindo-se a uma pedra amarga, cinza, grosseira, opaca. Assim esperava conseguir dele o perdão pelo crime de tê-lo tantas vezes desprezado.

A morte do pai foi como uma pesada pedra que afunda na água escura, deixando atrás de si silenciosos círculos concêntricos que se expandem lentamente para longe.

Jonas havia dado esses três textos para o analista, mas não lembrava se ele havia feito algum comentário específico a respeito deles.

Numa reunião de família, depois da morte do pai, conversando com uma prima distante, Jonas soube que o avô Antônio tivera uma outra mulher na França. Ao ouvir essa informação, Jonas se surpreendeu por nunca ter pensado em tão óbvia possibilidade.

Isso seguramente explicaria muita coisa. Ainda assim, persistia a estranheza da situação. Por que o avô nunca mais procurara os filhos, os irmãos, a família? Por que não se falava nada a respeito?

Foi então que Jonas resolveu que investigaria essa história, imaginando que poderia descobrir algo e até mesmo usá-la como material em algum livro futuro.

Quando planejou a viagem para Paris, procurou aquela prima e pediu-lhe mais informações sobre a companheira do avô na França. Ela lhe deu o nome da mulher e procurou seu endereço, escrito nas costas de um velho envelope. A prima perdera contato com Sílvia há anos, sequer sabia se ela ainda estava viva. O avô havia morrido três décadas atrás.

Capítulo 5

Querendo manter o porte firme e elegante — afinal, estavam em Paris! —, Jonas e Matilde caminharam sem pressa para o portão principal do Père-Lachaise, fingindo não se incomodar com a fina garoa que caía sem parar durante o cinzento final de tarde.

Temiam o que acontecera no dia anterior, quando Matilde, levando em conta a previsão do tempo, preferira visitar museus. Jonas insistira em fazer um roteiro ao ar livre e caminhar pela cidade, o que os expôs a um temporal, deixando Matilde de péssimo humor.

Até aquele momento tinham tido sorte, pois já estavam em Paris por uma semana e o tempo tinha estado ensolarado, aquele era o primeiro dia nublado e chuvoso. Pela manhã, na Île de la Cité, tinham visitado a Sainte-Chapelle e a Conciergerie. Ali, Jonas muito lembrara sua querida tia Tetê, inabalável admiradora de Maria Antonieta. Quantas vezes não lhe contara o episódio em que a austríaca, presa numa minúscula cela, sofrera a afronta máxima de ver, espetada na ponta de uma lança, a cabeça guilhotinada da Princesa de Lamballe, sua querida amiga?

Deixavam a Île de la Cité quando caiu forte chuva. Estavam no meio da Pont Neuf, sem ter onde se abrigar. Ao correrem, Matilde tropeçou, esparramando-se na calçada empoçada, molhando-se inteiramente. Jonas riu ao vê-la ensopada, o que a deixou furiosa.

Talvez Matilde tivesse razão em ficar indignada com o riso de Jonas ao vê-la ali esborrachada no chão. Mas não era dela que Jonas ria. Aquela correria debaixo do aguaceiro às margens do Sena e a queda de Matilde o fizeram lembrar uma outra cena com Berenice, muitos anos antes, nos anos 1960. Estavam numa passeata, quando a polícia apareceu na retaguarda, atirando para o alto e atiçando os cães sobre eles, uma multidão de estudantes. Saíram correndo e Berenice, tropeçando em algo, estatelou-se na calçada, obrigando-o a parar também e ajudá-la a se levantar, o que Jonas fez sentindo as pernas moles e bambas, puxando-a pela mão, enquanto a polícia avançava, em meio à algazarra dos colegas que passavam por eles zunindo, o barulho dos tiros e do latido dos cães, a gritaria, a confusão, até entrarem disparados numa loja de eletrodomésticos, no exato momento em que os funcionários desciam suas portas de aço ondulado. Junto com outros estudantes e populares, ali ficaram um bom pedaço, abrigados no calor da loja fechada, trêmulos, assustados e ingenuamente orgulhosos, pensando ter ousado enfrentar o braço armado da ditadura.

Quando Matilde caiu ali na Pont Neuf ao correrem na chuva imensa e fria, 30 anos e 2 filhos depois da queda de Berenice em Fortaleza, na fração de segundos antes de ajudar Matilde a levantar-se do chão completamente encharcada, com os cabelos empastados na cabeça, Jonas rira de pura felicidade. Seu riso expressava a alegria de estar, naquele instante, em contato profundo e íntimo consigo mesmo, um sentimento pouco habitual, que lhe dava uma sensação de completude e força e que lhe proporcionava uma intensa sensação de estar vivo e uma aguda percepção da passagem do tempo. Não era mais um jovem universitário, não estava mais com Berenice, os filhos já estavam em seus próprios caminhos; era um homem vivido e experiente com uma jovem e linda mulher, que naquele instante o olhava raivosa, sem entender seu riso nem sua subsequente circunspecção, uma seriedade que não deixava transparecer a intensa satisfação que estava sentindo ao se ver correndo pelos caminhos do mundo — ora com Berenice, ora com Matilde, ora com amigos, ora sozinho, mas em movimento, agarrando-se à existência, sorvendo a vida em grandes haustos.

Sem nada disso entender, Matilde ficou amuada de vez. Já acordara mal-humorada, talvez cansada com as atribulações decorrentes das várias atribuições pertinentes aos postos que ocupava na viagem — copiloto, almoxarife e organizadora geral de malas e bagagens. Matilde não estava achando nada engraçado e, antes que Jonas tivesse tempo de explicar qualquer coisa, quando atingiram um abrigo para passageiros de ônibus, ela já tinha amarrado a cara e exigia que voltassem imediatamente para o hotel.

No decorrer da viagem, Jonas fora se apercebendo de algo que só se configurou plenamente quando viu Matilde esparramada no chão parisiense, situação que o remeteu à lembrança do que ocorrera anos antes com Berenice em Fortaleza. Ao lado do prazer que lhe proporcionava a viagem, em seu transcorrer acabrunhava-lhe a sensação angustiante decorrente de uma excessiva consciência do fluir do tempo. Vindo de tão longe e não sem dificuldade, sabia que estava vivendo dias especiais em Paris. Oprimia-lhe pensar que as horas passavam demasiado rápido. Pesava-lhe a consciência da fugacidade de tudo, do tempo que corria, desse tempo que é gasto tão despreocupadamente no dia a dia, tempo cuja efetiva dimensão aparecia ali de forma crua e cruel, iluminado pela percepção da impossibilidade de realizar tudo o que fora planejado, pela necessidade de fazer escolhas e arcar com as inevitáveis perdas implicadas.

É claro que essa é a realidade diária da vida. Não é necessário ir a Paris para se dar conta disso. Mas a rotina doméstica e familiar tolda a visão desse fato que se descortina implacável durante o tempo delimitado de uma viagem. Talvez seja um consolo que esse aguilhão não nos atormente em nossas cidades, mostrando implacáveis o risco e a perda implícita nas oportunidades perdidas, largadas, deixadas, postergadas.

Amanhã, deixar para amanhã — como se o amanhã fosse garantido.

O fato de morar há tantos anos numa cidade outra que não aquela onde nascera, de viver em São Paulo e não em Fortaleza, para onde voltava regularmente durante as festividades do Natal e do Ano Novo, permitia a Jonas manter a tola fantasia de escapar do tempo. Ao reencontrar em Fortaleza seus familiares, seus antigos amigos e conhecidos, era impossível não os ver envelhecidos, com as formas mais largas e pouco nítidas, os rostos murchos ou inchados. Mas, por não envelhecerem juntos, Jonas pensava que escapava do processo, como se só eles dele padecessem.

Essa ilusão se desfez numa noite em que foi à casa de Horácio, uma casa imensa no centro de um jardim gigantesco, uma casa que intimidava por seu despropositado tamanho e pelo inusitado de suas formas. A casa ostentava o dinheiro do dono e suas pretensões culturais, pois a encomendara a um arquiteto famoso. Não contente em projetar a casa, o arquiteto concluíra que, para ocupar os espaços por ele criados, o mobiliário já existente no mercado não estava à altura; e, assim, ele mesmo, e sem nenhuma inibição, o desenhara. O resultado era duvidoso, mas, ainda assim, magnífico. Pessoas como aquele arquiteto, que criam despudoradamente, ignorando ou desprezando tudo o que foi feito antes delas e que se julgam capazes de grandes invenções sem temer o ridículo ou o desastre nos quais poderiam incorrer, sempre mereceram a admiração invejosa de Jonas. A casa de Horácio era assim. Mas quando entraram em sua sala de música e Horácio colocou a *Truta* de Schubert, a serena beleza da música dissolveu todas as asperezas da imensa casa, dos espaços desmesurados, da *grotesquerie* dos móveis, enchendo a ampla sala e seus corações com o calor de uma comum e pungente humanidade. Foi nesse instante, e de forma inesperada, que Jonas viu sua própria imagem refletida no cristal belga à sua frente. Ali estava sua face marcada, macerada, tão gasta quanto a de Horácio, a quem pouco antes tinha achado velhíssimo.

Jonas constatou então o óbvio: que não tinha escapado dos rigores do tempo por morar numa cidade na qual não estavam suas raízes, como o fazia crer sua ingênua ilusão. Não adiantava estar morando em outro lugar onde não tinha parâmetros para se comparar — amigos, familiares, lugares. O tempo ali o havia achado e fizera seu serviço, como tinha que ser. Tampouco era verdade que em São Paulo não existissem parâmetros para Jonas se comparar. Trinta anos fora tempo suficiente para ver a construção de edifícios, pontes e viadutos, e notar a devastação no corpo e na face de seus nada recentes "novos" amigos.

Em Fortaleza, na casa de Horácio, ficaram em completo silêncio quando acabou a *Truta*. A música de Schubert lhes deu a incômoda percepção de uma comum pequenez perante os grandes mestres, aqueles que conquistaram a imortalidade por meio de uma obra. Sem que a articulassem de forma explícita, insinuava-se em suas mentes a questão da posteridade. Além da prole, deixariam algum legado, algum traço de sua passagem na Terra? O legado dos filhos, sem desmerecê-lo, posicionava-os na vala dos homens comuns, dos que se reproduzem e deixam uma descendência rumo ao futuro, o que já é muito. O que disso pensaria Horácio? Como grande empresário e industrial, preocupar-se-ia com a imortalidade? Ou sua mente objetiva de homem de negócios não teria tais veleidades? Quanto a Jonas, fantasioso homem de letras, essa questão há muito o inquietava. Sabia, é claro, que, uma vez morto, nenhuma diferença faria ser ou não lembrado. Afinal, até mesmo os filhos precisam esquecer os pais mortos para continuar vivendo. Apesar disso, mantinha ele a ambição de deixar sua marca e ser lembrado pelas gerações futuras.

Jonas sabia que tal desejo não era mais que uma variante contra o que nos adverte o Eclesiastes — *vaidade das vaidades, tudo é vaidade*. Mesmo assim, se lhe assegurassem que no futuro seus escritos perdurariam, mas, por um engano qualquer, seriam atribuídos a um outro autor, ficaria muito infeliz. Se, para o ouvinte de hoje, o prazer decorrente da audição da *Truta* não ficaria radicalmente alterado caso fosse ela — por algum incidente histórico — atribuída a um anônimo compositor do século XVIII, nem por isso deixaria de ser uma grande injustiça para com Schubert.

Ao passar pelo crivo de uma sensibilidade criativa, o enigma a que chamamos *vida* nela provoca uma resposta específica, que é a obra de arte. Não é a tentativa de explicar o mistério, mas o testemunho singular de sua mais ampla e completa fruição.

Nada disso Jonas falou para Horácio naquele momento em que, calados, deixaram-se afundar em seus próprios abismos. Talvez Horácio tivesse conjecturado algo semelhante, pois, ao romper o silêncio, disse que sempre pensava com admiração sobre o extraordinário legado que Schubert deixara, ainda mais quando lembrava que ele falecera com apenas 31 anos — idade da qual os dois já estavam bem distantes.

À incômoda percepção do tempo que invadira Jonas em Paris e que o fizera lembrar-se da noitada na casa de Horácio em Fortaleza, acrescentava-se a ansiedade que lhe despertava a ida ao apartamento de Sílvia. Temia encontrá-la e por fim ouvir a história do avô, que por tanto tempo lhe fora sonegada.

Sim, enquanto entravam no Père-Lachaise para visitar o túmulo de Proust, Jonas pensava naquela outra visita, a que fizera à casa de Sílvia, uma outra peregrinação que não registrara com fotografias, mas que retinha gravada em sua mente.

Jonas quisera ir sozinho visitar Sílvia. Matilde não se opôs e facilitou as coisas, dispondo-se a passar o fim de semana com uma amiga que morava no Vale do Loire. Dessa forma, Jonas ficava desembaraçado para enfrentar os fantasmas que temia ver despertados na conversa com Sílvia e teria tempo suficiente para se recompor, poupando Matilde de um possível extravasamento de rançosas emoções.

Capítulo 6

Quando estava no meio de meu livro, levei o que já havia escrito e os possíveis desdobramentos do enredo para discutir com meu pai. Como professor de teoria literária e respeitado crítico, sua opinião não é de se jogar fora.

Acredito que todo escritor desenvolve pequenos rituais e cacoetes diante do ato de escrever, como mostram as famosas entrevistas da Paris Review. *Feitas num tempo muito anterior ao computador, revelam as preferências e as idiossincrasias dos escritores perante seu material de trabalho. Cada um especifica o tipo de lápis ou caneta que usa, a ponta fina ou grossa do primeiro, a cor da tinta da segunda, a qualidade do papel. Falam das manias que os assaltam antes de realizarem o ato concreto de escrever. São como que rituais compulsivos a serem executados numa determinada sequência — colocar um copo d'água na mesa de trabalho, tomar café, ingerir (ou não) alguma bebida alcoólica, pôr cigarros e cinzeiros numa determinada disposição, ouvir música ou exigir silêncio absoluto enquanto escreve e por aí afora.*

Embora ainda não tenham sido listadas, seguramente existem as manias dos escritores que hoje em dia usam o computador. Afinal, a tela brilhante do monitor é tão persecutória e angustiante quanto a antiga página em branco. Eu, por exemplo, que só escrevo no computador, gosto de usar letras de diferentes tipos de fonte nos textos que escrevo.

Falando por mim mesmo, lembrando do que li e das eventuais conversas que tive com outros escritores, concluo que essas manias têm múltiplas funções. Talvez ajam como magias propiciatórias que permitem ao escritor ingressar num estado mental em que pode libertar sua potência criativa sem ser perturbado por censuras e inibições internas que afirmam ser vão, gratuito e desnecessário seu empenho em escrever. Afinal, aquilo que pretende registrar no papel não é uma notícia, uma informação importante, um texto científico, algo que tenha qualquer utilidade prática. Nada disso. O que ele quer escrever é uma coisa que — muitas vezes à sua revelia, sem seu conhecimento ou permissão — gestou-se longamente no silêncio de sua mente, e que, num determinado momento, emergiu exigindo ser escrita. Geralmente é algo que tem importância para o próprio escritor, é uma soma de significados superpostos, fortemente carregada de afetos, que ele não está seguro de ser capaz de expressar na escrita e — caso consiga fazê-lo — se será compreendido na medida exata em que gostaria de sê-lo pelo hipotético e futuro leitor. Ele sabe que o mundo passa muito bem sem sua criação. O mundo não a espera, e a possibilidade de que a ignore não é nada remota.

Mesmo assim, o escritor acalenta a ideia de que sua criação despertará, sim, o interesse do mundo, e tudo fará para consegui-lo. Acredita que, ao expressar seus próprios anseios e fantasias, estaria agindo como o porta-voz de seus semelhantes, pois articula na linguagem aquilo que sussurra incompreendido na cova escura em que se esconde o coração de cada um e de todos.

Quem o autorizou a enfrentar tal empreitada? Com que garantias nela se embrenha? O que pode dela esperar? Para que se dar tanto trabalho, tanto esforço, tanta canseira? Não é muita pretensão achar que seus pensamentos mereçam ser registrados num livro e lidos por outras pessoas?

O escritor não tem resposta para essas razoáveis questões. A única coisa que sabe é que, apesar de tudo, não pode deixar de fazê-lo, vai escrever assim mesmo. Ele sabe que, além das angústias e do medo do fracasso, essa tarefa lhe dá muita satisfação, pois goza com a liberdade implícita no ato da criação e se diverte ao observar como, à medida que escreve, suas ideias se soltam e seguem por trajetos inesperados, não planejados previamente, surpreendendo até mesmo a ele, seu criador.

Os cacoetes e as manias dos escritores não se resumem ao ato de escrever em si, mas se estendem também ao manejo com os originais. Há escritores que vão mostrando trechos de seus trabalhos à medida que são produzidos, outros os guardam ciosamente até a obra estar concluída. Uns gostam de ler outros escritores enquanto estão escrevendo, outros dizem que isso atrapalharia a própria criatividade; uns gostam de ouvir críticas enquanto criam, outros não as aceitam jamais, em hora nenhuma. De minha parte, não me importo de mostrar o que vou produzindo conforme escrevo, embora receba com ceticismo as opiniões que eu mesmo solicito.

Apesar de ter escrito artigos para jornais e revistas, esse é meu primeiro livro de ficção. Nele, não faço construções abstrusas para ocultar a falta de assunto. Quero escrever com transparência, ressaltar a luminosidade natural do texto. Busco dar-lhe simplicidade e limpeza, o que talvez seja visto equivocamente como limitação de recursos.

Nada tenho contra a coletânea de expressões amealhadas por Flaubert, uma das impossíveis tarefas que Bouvard e Pecuchet se atribuíram. O lugar-comum e o chavão não me suscitam ojeriza ou desdém. Às vezes os vejo como tesouros da língua, palavras e expressões saturadas de significados pelos muitos anos de uso, locuções antigas que caminharam longamente tempo afora, adquirindo com isso uma tal consistência a ponto de, ao serem mencionadas, provocarem o imediato entendimento por parte de todos. Em minha preocupação com a clareza e simplicidade, não hesito em deles fazer uso, contando com a rápida compreensão que propiciam e sem temer com isso empobrecer o texto. A língua é rica e não há por que não usar de todos os seus recursos.

Minha preocupação com a feitura de um texto despojado e não atravancado, que permita a leitura agradável e sem entraves, não me deixa usar conhecidos artifícios e truques que são tidos como índices de "modernidade" ou "pós-modernidade". Refiro-me, por exemplo, às arrevesadas estruturas narrativas, à abolição de todos os elementos gráficos que tradicionalmente possibilitam a leitura de textos escritos, como os sinais de pontuação e o espacejamento entre os parágrafos, quer no texto sem diálogos, quer naqueles que os contém.

Não considero excessivamente convencional a exposição de um diálogo seguindo os usos habituais de abertura de parágrafo e uso do travessão. Não simpatizo com os que preferem deixar o diálogo misturado no corpo da narrativa, deixando a cargo do leitor o destrinchá-lo dali e reconhecê-lo como tal. Também não uso o modelo norte-americano, no qual o diálogo sai do corpo do texto abrindo um novo parágrafo, mas sem o uso do travessão, que é substituído por aspas.

Não vejo sentido em abolir todo e qualquer espacejamento, fazendo com que o texto inteiro seja um único e ininterrupto parágrafo, muito menos em manobras "radicais" que eliminam vírgulas, pontos e maiúsculas, desconsiderando o fato de que tais recursos são aquilo que permite a respiração do texto.

Penso que tais recursos, quando usados pela primeira vez, tiveram seus motivos e razões de ser. Representaram rebeldias formais necessárias, quebra de regras, revoltas, grandes inovações. Expressaram revoluções, concepções literárias renovadoras, modos de apresentar o estado mental do personagem, sua confusão, sua pressa, sua indiscriminação, a fragmentação de sua personalidade e tantas outras coisas mais. No momento, parecem-me apenas modismos vazios, artifícios banalizados que deixaram há muito de ter o selo da originalidade, embora alguns retardatários ainda os usem, provocando a admiração em outros mais retardatários ainda.

Para mim, o único resultado dessa disposição é o empastelamento do texto e a leitura dificultada, para prejuízo do leitor. Tampouco fico mencionando nomes de livros e escritores famosos, como pensam aqueles que usam desse artificio, na ilusão de que assim dão alguma dignidade ou garantia de qualidade a seus textos.

No livro que estou escrevendo, como em outros que venha a escrever, pretendo usar todos os sinais e convenções gráficas apropriados para uma leitura fluente e pouco penosa para o leitor.

Até parece que faço uma declaração de princípios sobre minhas inclinações referentes à produção literária. Não deixa de sê-lo, o que, por sua vez, me faz temer ser algo supérfluo e desnecessário. Supostamente, tais inclinações estariam evidentes no próprio texto, não seria necessário explicitá-las como faço agora. Talvez isso deva ser creditado às inseguranças de quem está tentando descobrir um estilo próprio, desvencilhando-se dos inúmeros modelos e influências que o cercam, bem como do peso oferecido pela tradição literária e pela crítica. Não passa, pois, de um gesto de afirmação pessoal. Não cabe a mim impor regras a quem quer que seja.

Como dizia, não me importo em mostrar meus textos e de eventualmente modificá-los à medida que os escrevo, desde que fique convencido de que as mudanças sugeridas são benéficas para o livro e para o leitor. Mas mostrar para meu pai?! Muitos talvez vejam isso como uma atitude de subserviência infantil. Pode ser que estejam certos em julgar assim, mas não é o que penso.

Ao invés de uma submissão regressiva, parece-me uma atitude adulta e responsável. Explico melhor. Seria muito mais fácil seguir o caminho habitual — pedir a um amigo para ler os originais e, como quase sempre acontece, receber palavras de apoio e encorajamento.

Não é matéria simples, isso de ler os originais. Em primeiro lugar, por mais que o autor deseje uma opinião sincera que o ajude a melhorar o texto, ele também está sequioso por elogios e palavras encorajadoras, que o reassegurem quanto à excelência do trabalho realizado. Sabedores disso, os amigos não se sentem à vontade para dizer o que efetivamente pensam, pois temem ferir suscetibilidades. Assim, ler um livro e se dispor a comentá-lo criticamente não é tarefa fácil. Exige o engajamento num esforço trabalhoso que começa com a cuidadosa leitura do livro e prossegue com a posterior discussão com o autor, quando, apoiado no texto, o comentador deve expor suas opiniões e defender seus pontos de vista, sem levar muito em conta os sentimentos do autor, correndo com isso o risco de despertar-lhe a hostilidade.

Por esses motivos é que penso que seria mais "infantil" pedir uma opinião a um amigo — que estaria preocupado mais em me agradar ou em não se *criar problemas — do que a de meu pai, que, como sempre, não hesitaria em dizer exatamente o que pensa, atitude que tantos problemas já lhe trouxe no decorrer da vida. Além do mais, a dele é uma opinião reconhecidamente respeitável.*

Depois, minha relação com meu pai deixaria perplexo qualquer psicanalista, pois sempre foi excelente. Superamos com galhardia os embates mais ásperos que minha adolescência nos proporcionou e desde então nos entendemos muito bem. Amparamo-nos mutualmente quando minha mãe morreu e fiquei feliz quando ele arranjou, mais recentemente, uma nova companheira.

Quando lhe falei que queria sua opinião sobre o livro que escrevia, ele não ficou muito animado com a ideia. Estava com sobrecarga de trabalho, mas insisti e ele aceitou lê-lo e comentá-lo, como costuma fazer profissionalmente em sua coluna no Estadão.

— Não sei quando vou ler, estou muito ocupado. Talvez só daqui a dois meses — disse-me ele.

— Tudo bem. Não tenho tanta pressa — respondi.

— Antes de ler, gostaria que você me falasse do enredo, dos personagens, do que você espera dizer com o livro, essas coisas. Dessa forma, tenho meios para avaliar se o resultado obtido corresponde às suas intenções conscientes. Não que isso seja muito importante, mas é um ponto de partida.

— Não acha que essas informações estragam o prazer da leitura? Acho que o leitor é quem deve fazer essas descobertas, sem que o autor as explique. Além do mais, como Derrida tanto enfatiza, o texto não

obedece aos limites que o autor lhe impõe e, numa leitura atenta, se revela muito mais amplo do que o próprio autor poderia supor.

— É verdade, mas me diga assim mesmo.

— Bom, como você está pedindo, vou tentar responder. O livro tem um eixo central, em torno do qual várias pequenas histórias são agregadas. Trata das lembranças e reminiscências do personagem central, um escritor, ao se deparar com uma foto que registra sua visita, tempos antes, ao túmulo de Proust. O personagem recorda suas relações próximas, seu casamento fracassado, as grandes figuras do pai e da mãe e a descoberta de um segredo familiar desvendado justamente naquela viagem a Paris em que foi ao Cemitério do Père-Lachaise. Da construção do relato dessa visita fazem parte várias digressões, comentários sobre sua condição de escritor, suas preocupações com o tempo, a morte, além de reflexões sobre a política. Nesse aspecto, fica enfatizada a polaridade metrópole/colônia, a partir da incômoda posição do colonizado. Mesmo com o risco de parecer grandiloquente demais, talvez pudesse dizer que o tema central do livro é a busca de identidade e uma reflexão sobre a literatura.

— Parece interessante, mas seu projeto não seria ambicioso demais? — perguntou.

— Da forma como expliquei, talvez pareça. Pode ser que seja mesmo ambicioso demais. Mas espero que se mostre mais simples durante a leitura.

— Olha, acho a ideia boa, incitante. O problema é que você pretende abordar muitas questões amplas e complexas. Será possível costurar tudo isso de forma adequada?

— Não sei se consegui. Quis dar ao livro uma estrutura bastante frouxa, fluida — respondi. — Aliás, preciso de sua opinião exatamente para isso, saber se a coisa está bem-acabada ou se preciso burilar ainda mais.

— Muito bem! Vamos ver! — disse meu pai. — Falemos mais um pouco de como você construiu a novela.

— Basicamente, usei um narrador onisciente que de vez em quando cede a palavra a um ou outro personagem.

— Pelo que você disse, entendo que a ação se passa em diversos tempos, a viagem a Paris, lembranças da infância, digressões políticas e estéticas.

— É verdade. Ao olhar a foto, o personagem, a quem chamei "Jonas", anda em zigue-zague entre o passado e o presente. Propositadamente, não fiz marcações muito rígidas do tempo, para manter uma estrutura mais aberta. Espero que isso não atrapalhe o leitor.

— Depende do leitor — disse meu pai. — Depois de Joyce, o leitor é como um cão treinado, está apto a saltar qualquer obstáculo... — riu.

— Eu jamais teria esse objetivo. Não pretendo colocar obstáculos para o leitor e sim facilitar ao máximo a tarefa que lhe é atribuída.

Meu pai acendeu o charuto e colocou o palito no cinzeiro.

— "Jonas"? Não é um nome carregado demais? Não remete imediatamente à Bíblia? Você pensou nisso? Vê alguma ligação com sua história? — perguntou meu pai, enchendo o ar com a fumaça azulada e o perfume do tabaco.

— Não tinha pensado nos eventuais significados do nome. Escolhi-o porque gosto de sua sonoridade. Mas agora que me fala, vejo que "Jonas" representa bem a ideia do homem que recalcitra, reluta diante da obrigação de fazer uma viagem, uma "peregrinação". Deus ordena que ele parta para Nínive e Jonas desobedece, tenta escapar da exigência divina fugindo de navio para outro lugar. Durante a fuga é jogado ao mar pelos marinheiros que, com razão, atribuem a ele a tempestade que os coloca em risco de naufrágio. Ele prossegue viagem no ventre da baleia que o engoliu. O meu Jonas, pelo contrário, faz uma viagem por iniciativa própria, buscando descobrir sua própria história. Mas tem também algo à moda de Kavafis. Mais vale o trajeto que a

chegada. Mais importante que o objetivo da viagem, o que interessa é a viagem em si, são as várias facetas de sua história que surgem como associações livres compondo seu próprio retrato.

Meu pai me ouvia atento, com ar de aprovação.

— E as referências à infância? A infância é uma mina de ouro, mas é preciso saber explorá-la, sem resvalar para a pieguice ou cair em chavões freudianos desgastados — disse.

— Você vai ver. Tentei fazer uma construção aberta também aí. As lembranças da infância giram em torno das imagens do pai e da mãe. Evitei construí-las de forma muito linear ou cronológica, montando-as com fragmentos de pequenos episódios, sentimentos, afetos, amores e ódios, elucidados ou não no correr do texto. O amor inicial de Jonas pela mãe se encaminha para um impasse, uma impossibilidade, um afastamento. Sua relação com o pai também é complicada.

Como esperava, meu pai não deixou passar a deixa.

— Então a relação do "filho" com o "pai" em sua novela é "complicada"?! E falávamos há pouco dos chavões freudianos, não? Espero não estar sendo objeto de um ataque dissimulado em seu livro... — disse ele, irônico.

— Você mesmo avaliará — respondi, rindo.

— Gostaria de falar mais alguma coisa sobre o livro? — perguntou ele encerrando a conversa.

— Acho que o mais importante está dito. Agora você vai ver se o texto corresponde ou não a esse projeto.

— Já que você está me pedindo para ler algo seu, vou pedir-lhe o mesmo. Escrevi algumas poesias e quero sua opinião — disse meu pai, dando-me algumas folhas soltas.

Fiquei surpreso, pois meu pai sempre se queixara da inibição que o impedia de escrever algo além de seus muitos trabalhos acadêmicos, cheios de citações e notas de pé de página.

— Ué, temos agora um poeta na família? — disse ao ver as curtas poesias, uma em cada folha. — Toda vez que você dizia que queria escrever, eu pensava que você escreveria prosa, nunca poesia.

— Pois é. Embora sejam bem curtinhas, leia em casa, com calma. Depois você me diz alguma coisa.

Despedíamo-nos quando a campainha tocou, anunciando a chegada de alunos que faziam parte de um de seus grupos de estudo.

Desobedecendo a orientação de meu pai, ao entrar no elevador li imediatamente as poesias.

Eram sete, cada uma impressa numa folha separada.

1.
Notívago

em cava depressão,
perambulava pela
casa vaga.

ali
ninguém restava,
só eu e a depressão,

que vinha em vagas.

2.
Verão

Ah, a premente urgência
Trazida pelo verão!

Não tarda muito e o sol terá partido.

3.
Conversa impossível

Fantasmas mudos acompanham atentos
a impossível conversa.
Nos longos silêncios gritam inaudíveis desesperos.

4.
Elefante

Levando o lento largo velho corpo o elefante almeja a
lépida
leveza
do
jovem
colibri

5.
Passado e futuro

A própria língua anuncia a diferença:
o passado é macio, suave, fumaça que se esvai.
O futuro é duro e pontiagudo
um furo escuro que tudo suga.

6.
Cadafalso

Esse fundo sentimento de estar vivo
e do fim que se aproxima
parece que assombra só a mim.

Em vão procuro seus indícios nos demais.
Mas, felizes e despreocupados, eles me fazem pensar
que somente eu fui condenado.
Sou o único a subir o cadafalso,
o patíbulo espera só por mim.

7.
Tempo

O tempo —
é o que passa entre as engrenagens do
relógio

Gostei muito das poesias.

"Notívago" e "Passado e futuro" me agradaram pelo uso lúdico dos significantes, a exploração dos efeitos sensoriais das sonoridades. "Notívago" brinca com aliterações interessantes que reboam numa estrutura que me pareceu elegante e rigorosa. "Verão", "Notívago", "Cadafalso" e "Conversa impossível" apresentam tons severos e são um convite à reflexão. Admirei as pequenas peças e pensei sobre a criação literária — que sempre está muito próxima da experiência existencial do autor, mas nem sempre de forma direta e linear. É verdade que passar por momentos de depressão é uma vivência comum a todos, mas ninguém mais longe desse estado penoso do que meu pai, com sua bonomia e irônica aceitação da vida, mesmo quando ela vinha "com todo o seu cortejo de horrores", como costumava dizer. Esse descolamento da obra em relação à vivência direta do autor deixa mais evidente o puro gozo da criação literária, o jogo com as palavras, o dispô-las de forma tal a produzir o efeito buscado — uma experiência estética. Como mostra "Elefante".

Capítulo 7

Sílvia morava perto da Galeries Lafayette, atrás do Opéra. A larga porta de seu edifício dava num vestíbulo de onde se via logo o poço da escada circular, iluminado de cima por uma claraboia. Jonas subiu correndo os três lances e estava sem fôlego ao tocar a campainha.

Ela era uma velha senhora pequenina, magra e enérgica. Tinha a voz rouca de fumante contumaz e falava um português com pronunciado sotaque francês. Jonas ouvira da parenta que ela fora uma prostituta brasileira que estava em Paris quando seu avô ali chegara e com quem havia morado alguns anos.

O apartamento era exíguo. Resquícios de tempos melhores não eram visíveis. Na salinha havia um relógio de pêndulo, uma televisão em cima de uma cômoda de aspecto resistente e um gasto conjunto de estofados.

— Então você é o neto de Antônio — disse ela, fixando-o com olhos negros que, sob certos ângulos, chispavam, refletindo a lente que ali fora colocada depois de uma cirurgia de catarata. — Não repare na bagunça. Estou velha e cansada, não tenho dinheiro para a moça da limpeza vir muitas vezes por mês.

Sentaram-se à mesa da cozinha minúscula, uma continuação da pequena sala. Ali tudo parecia sórdido — o velhíssimo fogão a gás, enferrujado, com a porta do forno presa com um arame, os armários com as portas bambas, a fórmica descolando.

Sílvia perguntou se aceitava um chá. Para se fazer de casa e não mostrar seu constrangimento, Jonas disse que aceitava um cafezinho. Imediatamente se arrependeu, pois talvez ela não tivesse café, o que criaria uma situação constrangedora. Mas Sílvia tinha sim café, ou melhor, um vidro de Nescafé endurecido que, para ser retirado, teve de ser antes fracionado com uma colher de sopa. Ela colocou a água no fogão e se estabeleceu um silencioso acordo mútuo de só começarem a conversa séria depois do café.

Falaram então do tempo. Era final de julho e o sol da tarde batia em cheio na parede lateral da sala, coisa que Sílvia disse considerar um privilégio. Seu apartamento era pequenino, mas bem iluminado e aquecido pelo sol. Jonas rapidamente concordou, engolindo às pressas o velho Nescafé mofado e se preparando para o que iria finalmente saber.

A consciência de que estava prestes a fazer uma descoberta há muito desejada o deixava num estado de agitação interna, com a impressão de estar desrespeitando limites há muito estabelecidos, de estar avançando além da linha permitida. Ansioso, respirava fundo, procurando se reassegurar de que tomara a atitude certa, que era legítimo querer conhecer aquele pedaço da história da família. Antes de viajar, avisara a todos que procuraria Sílvia. Sua velha tia Mariana não se mostrara muito entusiasmada. Dissera-lhe que ele devia pensar no futuro, não no passado. Se todos tinham vivido muito bem até então, sem informações sobre o avô, para que se preocupar com isso agora? Por meio de um primo, soube que outros parentes também desaprovavam sua iniciativa.

Sílvia bebeu sua infusão em goles pequenos e lentos. Parecia pouco à vontade, não sabia bem como lidar com a visita de Jonas. Nunca alguém da família de Antônio tinha-a procurado antes. Ela se dispunha a satisfazer a curiosidade do visitante, mas não sabia como.

Ainda do Brasil, Jonas conseguira o número de telefone e havia ligado para Sílvia, identificando-se e perguntando se ela aceitaria recebê-lo. Sílvia hesitou um pouco, mas logo concordou, ao perceber que ele não estava atrás de hospedagem gratuita em sua casa, que apenas gostaria de visitá-la e conversar. E agora ali estavam os dois num pequeno apartamento em Paris — uma velhinha a olhar de modo intenso um angustiado homem maduro.

— Sílvia, não quero tomar muito seu tempo e vou direto ao ponto, que você já deve ter adivinhado — disse Jonas. — Sempre tive vontade de saber a história de meu avô e nunca me contaram direito. Soube de sua existência muito recentemente, quando uma tia de minha mãe deixou escapar seu nome e disse que você vivia aqui em Paris.

Sílvia o olhava fixamente e balançava lentamente a cabeça, como que avaliando o que contaria para Jonas.

— Você sabe... Remexer em feridas nunca é bom. Mais se mexe, mais dói. — disse ela. — Porém entendo seu desejo e acho que você está certo em procurar se informar sobre assuntos que são de seu interesse. Fez bem em não desperdiçar a oportunidade. As histórias de família ficam na memória dos mais velhos, que as levam ao morrer. É raro que os mais jovens tenham interesse em conhecê-las, registrá-las. De minha parte, será bom falar com você, pois nunca falo sobre esse assunto com ninguém. Aliás, hoje em dia, sou muito solitária, praticamente não falo nada com ninguém...

— Agradeço sua compreensão e disponibilidade em me contar o que sabe — disse Jonas, procurando ficar confortável na pequena poltrona encardida que lhe fora designada na sala, para onde haviam voltado depois do café.

— Bom, é uma longa história e você bem que merece ouvi-la, desde que se deu ao trabalho de vir até aqui. Mas me diga o que você sabe, para eu ter uma ideia de por onde começar — disse Sílvia.

— Pode começar do começo e me contar tudo, pois nada sei — respondeu.

— Você sabe que seu avô veio para cá, abandonando a família, certo?

— Sim. E é só o que sei. Por mais que perguntasse o porquê, nunca me explicaram — disse.

— Eu não gosto de falar sobre isso. É um assunto desagradável — disse ela. — Mas, assim como você fez, vou direto ao ponto principal. Seu avô veio para cá por ter molestado uma menina filha de uma vizinha.

Jonas ficou paralisado com as palavras de Sílvia. Não esperava que ela fosse tão bruscamente ao assunto, sem nenhuma preparação prévia.

Ao saber concreta e tão imediatamente aquilo que sempre lhe fora sonegado, Jonas percebeu que não tinha nenhuma ideia do que poderia ouvir de Sílvia. Havia imaginado que seria algo estranho, talvez tenebroso, razão pela qual fora mantido em silêncio por tanto tempo. Agora que o ouvia, sentia-se mal, muito incomodado. Era embaraçoso, mas percebia o que era evidente — ao ser desfeito o mistério e uma informação fidedigna tomar o seu lugar, todo o quadro anterior se desfazia, perdendo os contornos românticos que tinha até então e precisava ser recomposto com os novos dados.

A informação seca e sumária dada por Sílvia produziu de imediato um efeito desanimador e anticlimático em Jonas. O avô deixava de ser o nebuloso homem-que-ficara-na-Europa-não-se-sabia-bem-por-quê e, de chofre, passava a ser um pedófilo, um pobre diabo fugindo das consequências de seus atos escabrosos, aos quais teria sido levado sabe-se lá por quais demônios interiores. O que havia sido até então um grande enigma se transformava numa questão ignominiosa, numa acabrunhante crônica de sofrimentos que a família tivera de suportar e esconder. Talvez o avô tivesse acreditado que, ao fugir, levaria consigo a vergonha, preservando assim a mulher e os filhos, coisa que, é claro, não acontecera. Ouvindo Sílvia, Jonas percebeu que evidentemente o pai, os tios e os parentes mais velhos sempre souberam do ocorrido.

Não haviam contado para as novas gerações para poupá-las — e a si mesmos —, evitando tocar numa questão tão dolorosa.

Sílvia observava com atenção as reações de Jonas. O patente desconforto dele a fez concluir que de fato ele nada sabia sobre o avô. O silêncio foi quebrado por ela.

— Bom, agora você já sabe. Se era só isso o que você queria, nossa conversa está encerrada — disse ela com um sorriso nos lábios, tentando descontraí-lo.

— Você está brincando — disse Jonas. — Para mim, nossa conversa está apenas começando, está longe do encerramento.

— É verdade, vamos ter uma longa conversa. Já que vai ser assim, vou tomar um gole de conhaque. Você me acompanha? — perguntou enquanto se levantava e ia até a cômoda, de onde tirou uma garrafa e dois copos.

Jonas aceitou a bebida, sentindo que entre eles o gelo momentaneamente se quebrara, deixando-os mais próximos.

— Mas, Sílvia, "menina filha de uma vizinha"? Conte-me melhor tudo isso. Como foi, quem ficou sabendo dessa história, o que aconteceu? — perguntou.

— Sim, uma menininha de cinco anos. Sua avó ficou sabendo, assim como toda a família.

— Sílvia, preciso saber mais; preciso saber tudo o que você sabe — Jonas falou, temendo que ela desistisse de retomar um assunto que ela mesma dissera considerar difícil.

— Bom, o que eu sei é o que ele me contou. Disse que um dia a tal vizinha tocou a campainha da casa dele e chamou sua avó para uma conversa. Notara que as calcinhas da filha estavam sempre sujas, como se ela tivesse algum pequeno corrimento. Depois de muito perguntar, a criança dissera que seu avô brincava com ela, colocava o dedo, alisava. A menina costumava ir à casa deles, pois gostava de sua avó e adorava brincar com o *poodle* mansinho que ela tinha.

— E aí, o que ocorreu? O que fez minha avó? — perguntou Jonas.

— Do que lembro do que ele dizia, parece que sua avó só chorava. No início, para não expor a filha, os pais da menininha não falaram para a vizinhança, mas logo mudaram de atitude; ameaçaram dar queixa na polícia. A coisa ficou mais séria quando o pai dela se juntou com alguns amigos e deram uma bruta surra no seu avô. Tua avó achou que deviam se separar e aí ele resolveu vir para Portugal, onde tinha parentes e arranjou um trabalho. Depois veio para a França, não sei por que, talvez para não ter de se explicar aos parentes.

— Mas, e aí? Ele cortou relações com toda a família? Nunca mais falou com os filhos, com meu pai, com minha avó, com todo mundo? — perguntou Jonas, imaginando quão terrível tudo aquilo teria sido.

— Pois é, naquele tempo as comunicações eram difíceis, complicadas, mas ao que parece ele quis romper mesmo com tudo. Sofria muito, não parava de beber. Na verdade, nos conhecemos num bar que ele frequentava com regularidade.

— Já ia lhe perguntar como foi que você entrou nessa história... — disse ele.

— Pois é. Ele estava com pouco dinheiro, não tinha os papéis em ordem. Inicialmente fazia o habitual — trabalhos temporários, era ajudante de cozinha em bares e restaurantes, esse tipo de coisa. Tempos depois, ligou-se a um grupo religioso esotérico e parou de beber. Por meio das pessoas desse grupo, não sei como, conseguiu regularizar a situação e passou a trabalhar como motorista de caminhão, fazendo viagens pelo interior da França e pelo resto da Europa. Já então éramos apenas amigos, a gente se via muito pouco. Ele tinha um caso com a mulher de um dos chefões do grupo; ouvi dizer que tinha um caso com o casal, mas não sei se é verdade. O pessoal ali era meio louco, nunca entendi direito. De qualquer modo, esse pessoal o amparou quando ficou doente. Teve câncer de pâncreas, que o matou em poucos meses.

— Sílvia, alguma vez você perguntou se ele tinha mesmo abusado da criança? Teria sido uma invenção da menina, alguma intriga, algum mal-entendido? Você acreditava que ele era culpado? — Jonas não se dava por satisfeito.

— Não sei te dizer. Ele era meio *détraqué*, mas enquanto vivemos juntos, tirando a bebida, ele me parecia uma boa pessoa. Mesmo depois que nos separamos, nunca soube de nenhuma história desse tipo. Se ele fosse um tarado, um pedófilo, teria continuado a atacar menininhas, não? Por outro lado, se fosse mentira, por que teria ele saído do Brasil e enfrentado uma vida tão difícil como a que teve aqui?

— Vocês conversaram sobre isso?

— Poucas vezes, ele ficava nervoso e sempre negou tudo. Mas o argumento que usou para negar ou se justificar, não sei, me surpreendeu e só fez aumentar minha dúvida. Ele disse que a menina parecia uma putinha, ficava passando em sua frente fazendo gestos coquetes! Imagina! Uma criança de cinco anos! Quando lhe disse que era completamente descabido, que era um absurdo o que estava falando, ele tentou se explicar, dizendo que a menina imitava a mãe, uma mulher promíscua que levava amantes para casa. E confessou que ele, como quase todos os homens das redondezas, tivera relações sexuais com a tal vizinha e ela se apaixonara por ele, queria que ele largasse tudo e fugissem juntos. Ele preferiu ficar com sua avó e com os filhos, e, tempos depois, a vizinha se vingou, inventando aquela história. O marido dela, que sempre soubera dos casos da mulher e se fizera de desentendido, viu nessa história uma oportunidade para lavar a honra, difamando-o e ameaçando-o de morte... Bem, como você vê, é uma história meio atrapalhada, mas tem uma certa coerência, não parece impossível.

— De qualquer forma, você ficou com ele algum tempo.

— É verdade. Ele era meio maluco e eu também não sou muito boa da bola. Você deve imaginar minha situação e não tenho por que negar nada. Morava em Belo Horizonte quando conheci um representante comercial francês que estava viajando pelo Brasil. Ele me convidou para vir com ele para a Europa e aceitei na hora. Minha família estava despedaçada. Meus pais haviam se separado por causa da bebida de minha mãe. Poucos anos depois da separação deles, ela morreu. Restaram meu pai, um jogador compulsivo que apostava o que tinha e o que não tinha, e minha irmã, uma garota de programa. Eu era a certinha da família. Não vivíamos mais juntos. Era, como se diz por aí, cada um por si e deus contra todos. Sozinha no Brasil, sozinha na França, qual a diferença? Vim e ficamos juntos — o francês e eu — por uns 3 anos. Ele se casou comigo pra me ajudar a ter os documentos em dia. Bebíamos demais. Depois que nos separamos, meu problema com a bebida piorou. Foi aí que encontrei teu avô. Moramos juntos por um tempo, uns dois, três anos. Mas não deu para continuar, eu queria parar a bebida e ele estava no auge. Separamo-nos e ficamos amigos. Me virei trabalhando na noite. Tempos depois me casei com um argelino, de quem enviuvei há alguns anos. Fomos felizes. Fiquei com esse apartamento e uma pensãozinha que não me deixa morrer de fome.

— E meu avô? Você falou de um grupo esotérico, um casal, como era essa história? — insistiu Jonas.

— Ele não gostava de falar sobre isso. Ele conhecera umas pessoas num clube de nudistas — eu já lhe disse que seu avô era meio esquisito — e uma delas o levou para essa seita, não sei direito o que era. Para nela ingressar, os interessados tinham de se submeter a algumas provas, umas iniciações sexuais em grupo; e, mesmo depois da admissão, essas práticas persistiam rotineiramente. O fato é que ele se deu muito bem com essa gente. Como falei antes, elas o ajudaram bastante, regularizaram os papéis dele, o que lhe permitiu ter empregos melhores. O último trabalho dele era muito bom, ganhava o suficiente para uma vida confortável, dava até para economizar um pouco. É verdade que deve ter gastado tudo com a doença. Se sobrou algo, deve ter deixado para eles.

Sílvia serviu mais uma dose para ambos. A conversa não durara muito, mas a impressão que Jonas tinha é de que fora muito longa, de que falavam há horas; e ele estava exausto. Queria sair dali e pensar sozinho sobre tudo aquilo. Convidou Sílvia para comer alguma coisa num bistrô, mas ela teve o bom senso de recusar. Jonas agradeceu sua boa vontade em recebê-lo e compartilhar com ele as lembranças do avô. Ao se despedir, prometeu telefonar antes de voltar para o Brasil. De fato, ligou para ela um dia antes do regresso, mas Sílvia pareceu formal e distante. A proximidade que se instalara no correr da conversa anterior não mais existia. Ela cumprira com sua obrigação. Devolvera-lhe o pedaço de sua história, da qual era a única depositária, e voltara a ser o que sempre fora — uma estranha.

Ao sair do apartamento de Sílvia, Jonas não quis voltar logo para o hotel. Precisava andar para descarregar a tensão. Queria se distanciar daquele lugar, necessitava fazê-lo para assimilar melhor as novas informações, entender suas implicações. Saiu andando pelo Boulevard des Italiens, seguiu em frente pelo Boulevard des Capucines e sentou-se à primeira mesinha livre que encontrou na calçada do Boulevard de la Madeleine, onde pediu uma garrafa de vinho.

Como se sentia? Era melhor antes, quando havia o mistério, o desconhecimento, ou agora que sabia dos fatos? Mas não seria precipitado colocar as coisas dessa forma? Poderia efetivamente dizer que o mistério e o desconhecimento haviam acabado? Se a imagem romântica do avô desaparecera, surgira uma outra imagem, talvez até mais enigmática. Como teria sido o avô? Teria mesmo abusado de uma menininha? A versão levantava sérias dúvidas. Mas por que teria rompido totalmente os laços com a família, os amigos, a cultura, a língua? Como não sucumbiu às pressões e à culpa? Indicaria isso tudo uma loucura, uma tara? E seu alcoolismo, seu envolvimento com o tal grupo esotérico? A forte presença de uma sensualidade um tanto transgressora nos episódios de sua vida que acabara de conhecer era inquietante, desagradável, difícil de lidar. O avô não se ajustava aos padrões e aos valores familiares. Teria sido um corpo estranho, um mutante? O que teria condicionado as excêntricas peculiaridades de sua vida?

Jonas percebia que o mistério sobre seu avô não tinha acabado, apenas mudara de aspecto, tomara um rumo inesperado. Ele mesmo não sabia o que fazer com aquilo. Embora se sentisse febril, querendo resolver imediatamente essa incógnita, percebia que não podia se apressar, que teria de conviver com a questão por muito tempo ainda antes de resolvê-la, se é que a resolveria algum dia. Precisava refletir sobre suas implicações e suas consequências.

A primeira e mais pungente delas parecia revelar-se na fugidia figura de seu pai. Suas esquisitices, sua fidelidade canina, sua inamovibilidade, sua inadequação, pareciam-lhe agora mais compreensíveis. Devia haver uma ligação entre as duas coisas, é como se ele tivesse procurado ser o contrário do pai infiel, escandaloso, causador de uma infindável vergonha. Jonas lamentou que o pai estivesse morto, pois teria gostado de falar com ele sobre isso. Mas logo pensou que seria uma conversa impossível. Afinal, era muito provável que o pai sempre tivesse sabido de tudo sobre o que somente agora Jonas tomava conhecimento, e ele nunca quis lhe falar a respeito.

A garrafa de vinho se esvaziava, e crescia em Jonas uma angústia, uma grande ansiedade. A descoberta do segredo do avô o fazia imaginar uma antiga maldição, uma loucura que atravessara incontáveis gerações de sua família, nelas produzindo diferentes efeitos até aflorar daquela maneira em seu avô, atingindo seu pai e chegando até ele mesmo, tocando-o com sua força desorganizadora, condenando-o — como fizera com eles — a vagar pelo mundo em irredutível solidão, presa de uma eterna insatisfação, uma impossibilidade de ser feliz.

Assustado, Jonas agora queria voltar para o hotel. Sentia falta de Matilde e se arrependia de ter concordado com sua ida para a casa da amiga no Vale do Loire. Estava sozinho em Paris, que não mais parecia um lugar acolhedor, hospitaleiro e querido. Era uma cidade estrangeira, onde estava abandonado à própria sorte. E se, de repente, passasse mal, tivesse um ataque de nervos, perdesse a memória, enlouquecesse? Ou sofresse um AVC, um infarto? Quem o socorreria?

Procurando acalmar-se, Jonas pagou a conta e saiu caminhando pela larga avenida. Já passava das oito da noite, mas o sol continuava alto, era um lindo dia de verão. Passou pela fachada grandiosa da Madeleine e seguiu pelo Boulevard Malesherbes, de onde saía a ruazinha de seu três-estrelas.

O que levara o avô a agir de forma transgressiva e a romper com seu mundo? Seria a mesma força que paralisara o pai numa angústia que transudava por todos os poros? Como se manifestaria nele próprio essa mesma força? — Jonas continuava a matutar.

Seria como "literatura"? O desassossego, a angústia, a insatisfação, a inquietação, tudo isso para Jonas poderia estar enfeixado sob o título de "literatura". Estaria aí sua quota da maldição familiar? É possível que para outros escritores fosse diferente, a "literatura" não tivesse essa conotação compulsiva e exigente, demandando exclusividade.

Literatura não era o produto acabado e formal, consubstanciado num texto publicado, e sim a tarefa desumana de transformar o vivenciado, o sentido e o imaginado num escrito, transmutar sangue em palavras, músculos e tendões em páginas escritas, aprisionar o tempo em suas entrelinhas. A impossível reconciliação entre o viver e o escrever fazia com que Jonas estivesse permanentemente dividido, jamais inteiramente presente e envolvido em qualquer uma das partes dessa dicotomia. Se escrevia, achava que devia estar vivendo, tendo experiências afetivas com seus entes queridos, com a amada, com os amigos, com a família, ou usufruindo o prazer que a arte e a ciência lhe proporcionavam. Se vivia, achava que devia estar fazendo literatura, pois essa era sua missão no mundo, o dom mais alto que recebera e do qual tinha de prestar contas a si mesmo um dia. Literatura era seu desassossego, seu sofrimento, seu desgarramento do rebanho, sua marca de Caim. Os normais simplesmente vivem. Os atacados de literatura são condenados a criar símbolos e sentidos. Eles não vivem propriamente e sim fazem anotações para uma posterior produção escrita.

A própria dificuldade inicial para escrever, vencida com a ajuda da análise e que atribuía às complicações de seu relacionamento com a mãe, não estaria ligada de forma obscura também a essa história do pai? Intuiria já naquela ocasião a existência de segredos familiares que, se contados num livro, proporcionariam uma descarga, uma catarse, eliminando o peso carregado por tanto tempo pela família, mas que também poderia ser visto pelos mais velhos como um desrespeito, uma traição ao seu bom nome?

Já próximo do hotel, Jonas se sentia menos angustiado, tentando fazer as pazes com sua maldição. Podia ver agora que sua literatura não era só desgarramento e solidão, mas fonte de grande satisfação. Na verdade, era uma das coisas que Jonas mais prezava em si mesmo. Tinha orgulho de sua literatura e sabia que a produzia cada vez melhor.

Entretanto, sua reconciliação com a literatura o deixou um pouco deprimido, pois agora a concebia sob um outro prisma. Talvez a maldição que se abatera sobre o avô e o sofrimento do pai fossem etapas que o dom criativo tivera de vencer nas gerações anteriores da família até emergir, depurado e com toda a sua força, nele mesmo. Essa reformulação das ideias o retirava do lugar de amaldiçoado e o colocava como um abençoado detentor de um privilégio. Era como se seu avô e seu pai tivessem se imolado, passado por seus ordálios, para que nele pudessem aparecer as condições favoráveis à criação literária. Recuperando o alento, Jonas já começava a pensar como poderia recriar literariamente essa forte experiência recém-vivida.

Chegando ao hotel, Jonas resolveu que não mais sairia. Tivera demasiadas emoções no correr das últimas horas. Pediu o jantar no quarto e tomou uma ducha, preparando-se para uma boa soneca. Contudo, estava excitado demais para dormir. Ligou a televisão e não conseguia prestar atenção a nenhum programa. Telefonou então para a portaria, liberando um canal erótico, e se masturbou longamente, atento à limpa pornografia que mostrava órgãos sexuais funcionando com uma eficiência mecânica, até gozar no lençol, sem se importar com o que a moça da limpeza pensaria no dia seguinte.

Depois caiu num sono pesado, pensando que logo Matilde voltaria do Loire cheia de notícias sobre a amiga e contaria a ela o encontro com Sílvia.

Capítulo 8

Depois do encontro com Sílvia, enquanto perambulava por Paris com Matilde e antes de ir ao Père-Lachaise ver o túmulo de Proust, Jonas tentava afastar de sua mente as descobertas sobre o avô, focando sua atenção numa questão mais ampla que sempre o incomodara e que só ficara mais aguda ao chegar ao Velho Continente.

Pensava algo assim:

"(...) O que nós brasileiros fizemos no mundo? (...) Nossa contribuição no assim chamado *concerto das nações* não pode ser mais pífia. Em nada se modificaria a História da Humanidade se o Brasil não existisse (...) O Brasil *não existe* nos livros de História Mundial. Nossos *grandes homens* e nossos artistas são ignorados nos mais importantes centros culturais do mundo (...) Eles em nada contribuíram para os debates intelectuais, filosóficos, literários que chacoalharam o século XIX e XX (...) Não participamos nas Grandes Guerras Mundiais (...) Tirando um débil surto fascista, passamos ao largo pelas grandes febres do stalinismo e do nazismo (...) Nós não participamos da construção da História (...) Ainda até bem recentemente tínhamos uma defasagem de 20 anos em relação a todas as modas intelectuais dos grandes centros europeus e norte-americanos (...) Poucos de nossos escritores viveram no exterior e apuraram a vista para o que somos, para como somos vistos ou para como nos comportamos quando confrontados com outros povos e culturas. (...) Falta-nos um Henry James e uma *lost generation* que nos deem essa perspectiva, ajudando literariamente a construir nossa própria identidade (...) Em linhas gerais, nossos escritores se dividem em dois grupos. O primeiro é formado por aqueles que continuam paroquiais, provincianos, regionalistas, olhando para o próprio umbigo. Agem como aquele personagem de Eça de Queiroz que ficou perplexo ao ser informado de que havia poetas nos países vizinhos e que escreviam tão bem quanto os vates portugueses!... O outro grupo é o inverso. Repete, copia, imita milimetricamente todos os modismos estrangeiros (...) Talvez por isso, sejamos praticamente ignorados pela *intelligentsia* internacional (...) Uma pequena fresta de luz neste sombrio panorama apareceu nos anos 1960-1970 com nossa música popular, a *bossa nova,* que conquistou presença universal. Fora isso, um imenso e silencioso vazio (...) Brasil, um país iletrado, ignorante, corrupto, regido por grotescos líderes políticos, exportador de grandes jogadores de futebol, onde mulheres nuas, com grandes e saltitantes nádegas, dançam samba no carnaval (...) Brasil, lugar exótico e sem lei onde se refugiam bandidos e criminosos do mundo civilizado (...)".

Eram pensamentos entrecortados, desorganizados, que lhe vinham ao perceber que, sim, ele era um habitante das distantes colônias tropicais que pisava com solenidade o respeitado solo da metrópole europeia. Durante a viagem, vendo diretamente os locais onde fora produzida a cultura que tanto admirava, esses pensamentos se intensificaram. Convivendo com os europeus, relembrando sua arte, sua história, sua influência no resto do mundo, não lhe saía da cabeça um certo mal-estar, que terminou por reconhecer como um evidente complexo de inferioridade.

Como nunca ocorrera antes no Brasil, em Paris Jonas tinha uma aguda consciência de sua pele morena, de suas narinas largas, de seu cabelo crespo. Ali ele não se sentia um *moreno,* na simpática concepção caseira. Sentia-se claramente um *mulato,* na segregante acepção europeia do termo. Lembrava a conversa que tivera com um amigo de sua família que visitara a África do Sul nos tempos do *apartheid.* Ele ficava angustiado toda vez que tinha de ir a um banheiro público, por causa da divisão entre *white* e *non-white*. Se no Brasil, em função de suas muitas posses, suas ascendências africanas e indígenas eram deixadas de lado e ele era tido como um *branco*, um *white*, temia que o mesmo não ocorresse em outras latitudes, especialmente aquela na qual estava.

Andando por Paris, Jonas lamentava jamais poder se colocar como o filho de uma grande potência, como o antigo império inglês, no qual *o sol jamais se punha*, ou o atual império norte-americano. Imaginava como um norte-americano *WASP*[1] se sentiria confortável ao viajar mundo afora, pois ser filho de um império implica o privilégio de se sentir em casa em qualquer lugar do mundo, visto que os padrões culturais domésticos estão disseminados por todos os lugares — a língua, os hábitos, os costumes, as normas de convivência, a visão de mundo e a produção artística. Muito diferente de como se sente, na mesma situação, um habitante das colônias. Nessas ocasiões, tem ele a oportunidade de se dar conta do generalizado desconhecimento de sua língua, de sentir como inadequados seus costumes, a cor de sua pele e a própria conformação de seu corpo.

Jonas sentia algo semelhante ao que ocorrera, anos antes, ao levar as crianças para o Disneyworld, com Berenice. No meio da multidão poliglota — asiáticos, orientais, sul-americanos, europeus — indagara-se: o que é "ser brasileiro"?

Observara que a Disneyworld estava mergulhada numa dupla mitologia. A primeira e mais explícita era aquela que Disney difundira pelo mundo. Os visitantes provenientes das mais remotas regiões do planeta conheciam Mickey, Donald, Pateta e compartilhavam de seu universo imaginário. A outra era aquela decorrente da História norte-americana. Na Disneyworld, estava orgulhosamente forte e presente a lembrança dos momentos mais dramáticos da formação da nação. Benjamin Franklin, George Washington, Thomas

1 *White, anglo-saxon, protestant* — a elite branca norte-americana.

Jefferson, John Adams e o texto lapidar da Declaração da Independência. A Guerra da Secessão. Lincoln e o Discurso de Gettysburg. A libertação dos escravos. A conquista do Oeste. Grandes homens, grandes textos. Os pais da Pátria recebendo merecida e honrada homenagem. Compartilhar a lembrança e o respeito por esse passado organizava uma forte identidade cultural nacional, era isso a base do "ser norte-americano".

Isso não impediu que Jonas continuasse com suas incômodas questões: "e nós, como ficamos? O que é 'ser brasileiro'?".

Olhando com olhos cândidos de homem comum, ficara procurando equivalências em nossa história, em nossos heróis e fora tomado por um assombroso vazio. Seria ele um desmemoriado de nosso passado histórico? Lembrava o descobrimento e Pedro Álvares Cabral, as capitanias hereditárias, a chegada da Corte em fuga do vendaval napoleônico (um episódio não muito edificante por parte da nobreza portuguesa, pensava), as entradas e as bandeiras, a Independência, a República. Mas onde estavam os grandes homens? Onde estavam os Pais da Pátria? E os grandes textos políticos? E os modelos a serem admirados pelas novas gerações?

Seria esse vazio decorrente de sua ignorância e descaso para com a história brasileira? Seria uma manifestação explícita da sua mente submetida e alienada própria de um colonizado? Inferiorizado, Jonas se propusera a realizar o quanto antes um projeto muitas vezes adiado, a leitura do sempre louvado *Casa Grande e Senzala*.

Ou estaria apenas refletindo o lado mais soturno de nosso momento histórico, no qual as elites políticas caem em descrédito, perdem o poder de liderar e servir de exemplo, nada geram a não ser desprezo e vergonha? Seria o vácuo no passado um disfarce para a desilusão no presente com a corrupção e a demagogia, o imenso fosso entre as classes sociais, o atraso e a fragilidade de nossas instituições democráticas?

"Será que um dia, quando formos a grande potência que talvez consigamos vir a ser, redescobriremos nossa História? Recuperaremos o orgulho de nossos heróis? Relembraremos nossos levantes populares — Guararapes, Canudos, Farrapos? Revisitaremos Tiradentes, Zumbi, Dragão do Mar? Estariam eles esquecidos, dormindo também em berço esplêndido, à espera pelo dia no qual possam luzir e brilhar novamente? Encontraremos as forças necessárias para forjar nossa identidade nacional e cultural num passado de lutas? Será que o futuro reescreverá um passado mítico, que nunca teria sido presente, que nunca existira na realidade?" — matutava Jonas.

Como anos antes na Disneyworld, Jonas ficara humilhado e diminuído perante os norte-americanos; os mesmos sentimentos e ideias lhe ocorriam em Paris, junto aos europeus. Pensava que eles mesmos o encarariam assim, com uma certa condescendência, uma superioridade disfarçada em curiosidade e interesse. Julgava que, debaixo do verniz da globalização e do respeito pelo multiculturalismo, persistiam intactos os antigos preconceitos do colonizador branco diante do colonizado de mil e uma cores.

Prosseguindo com esses pensamentos, Jonas refletiu que possivelmente este sentimento não derivasse de uma constatação de nossa efetiva insignificância perante o monumental acervo cultural da França. Decorreria da grande idealização que fazia da Europa, como antes ocorrera nos Estados Unidos, quando se prostrara diante do seus superdimensionados heróis cívicos e culturais, apagando os reais limites humanos, negando o caráter segregacionista de uma sociedade regida pela hegemonia branca, em que só a duras penas e bem recentemente negros, indígenas e imigrantes tiveram seus direitos plenamente garantidos.

Mais ainda, aquela imagem depreciada do Brasil e dos brasileiros, que atribuía aos colonizadores europeus, poderia ser decorrência do abalo mental provocado pelas descobertas sobre a vida do avô. O português colonizador que violentara os colonizados. Tudo aquilo ainda era muito recente, precisaria de tempo para uma adequada digestão daquelas novidades.

Lembrou-se então de uma conversa que tinha tido tempos antes no Brasil, com um amigo, Eliezer, professor universitário que vivera muitos anos na França e voltara para Fortaleza.

Haviam-se encontrado por acaso na Praia do Futuro e resolveram botar a conversa em dia. Entraram num bar, pediram cerveja e caranguejo. À sombra da barraca que os protegia do sol quente e de sua intensa luminosidade, Jonas começou a conversa desenvolvendo sua lenga-lenga de se sentir inferiorizado perante os europeus e outros ricos do Primeiro Mundo.

— Bem, mas você deve ser um expert nesse assunto. Afinal, morou tantos anos na França; sabe tudo a respeito de choques culturais. Suponho que deve ter sido difícil se adaptar na Sorbonne, bem como voltar a morar no Ceará — disse Jonas.

— É verdade — respondeu Eliezer. — Quando cheguei lá, estranhei muito, especialmente o que para mim parecia ser o distanciamento, um excessivo formalismo nas relações com os colegas. Mas logo reencontrei as bisbilhotices, as intrigas, as brigas pelas migalhas de poder e as rasteiras; enfim, todo o conhecido repertório de mesquinharias que eu já conhecia muito bem daqui, de nossa universidade.

— Mas você não vai dizer que é tudo a mesma coisa! — Jonas falou um tanto irritado, percebendo que ele se afastava de suas teses, sem confirmá-las.

— Não, é claro que não — disse Eliezer. — Quis dizer que tirando o verniz da cultura, que de fato é diferente e impõe rituais sociais diversos, no âmago, encontramos a mesma velha natureza humana. Nada de surpreendente; afinal de contas, os franceses não são extraterrestres.

— Você fala assim por ser branco, de nariz afilado e cabelo liso. Queria me ver por lá, para ver se seria tão tranquilo assim como você diz — provocou Jonas.

— Pode ser, não sei — respondeu calmamente Eliezer, sem se perturbar com a impertinência de Jonas. — Longe de mim querer negar o óbvio, que existem diferenças entre eles e nós. Se o que você quer é salientar tais diferenças, digo-lhe que onde as vejo mais gritantes é na educação. Não só na polidez dos contatos sociais, mas no nível de instrução, de conhecimento. Isso se reflete, por exemplo, na forma como veem as questões políticas. Votos de cabresto, currais eleitorais, são impensáveis. Há uma forte consciência quanto aos valores republicanos e democráticos, um orgulho das conquistas da Revolução de 1789. Os políticos são muito mais vigiados pelos eleitores, sabem que têm de prestar contas do poder que lhes foi delegado.

— Eliezer, responda-me com sinceridade. Você, como brasileiro, não se sentia diminuído diante deles? Não sentia uma certa condescendência deles na forma como era tratado? — insistiram Jonas e seu complexo de inferioridade. — E não me venha falar de nossa "ginga", de nosso "jeitinho", de nossa "capacidade de miscigenação", da nossa "cordialidade", de nossa "espontaneidade", de nossa "capacidade de improvisação", pelo amor de deus!

— Você estava antes falando dessas coisas de se sentir diminuído diante dos europeus... Não sei como te responder de forma concisa — disse Eliezer, após um silêncio no qual parecia ordenar seus pensamentos. — Não podemos negar as diferenças. Mas também não podemos negar as semelhanças. Se você me perguntar do que me envergonharia perante eles, eu falaria de nosso atraso social. Da nossa incapacidade de abandonar os modelos arcaicos e organizar mecanismos e instituições fortes, nas quais a democracia possa se apoiar de forma estável, tranquilo. Os muitos golpes de estado. As ditaduras cruéis e ridículas, com suas imposturas hipócritas e o alto custo social delas decorrente, visto que rompem a normalidade institucional, impedem a formação de uma mentalidade cívica e a emergência de novas lideranças. A corrupção. Nossos lamentáveis políticos. Mas essa vergonha logo se dissipa quando me lembro de que tais problemas têm uma forte ligação com a economia e esta há muito transcendeu as fronteiras. O Brasil não está isolado do mundo e não podemos ser os únicos responsáveis por nossas mazelas. Fazemos parte daquelas nações que ainda hoje são mantidas como a periferia do império, como colônias. Para ilustrar meu ponto de vista, nem vou falar da dimensão mais antiga do colonialismo, da chegada de Colombo ao Novo Mundo e do extermínio de milhões de "índios", da destruição irreversível de civilizações milenares. Vou me ater a um exemplo mais recente, a África negra.

O garçom trouxe mais cerveja e caranguejo.

— Pois é, a África... — continuou Eliezer. — A situação de grande parte dos países daquele continente é desesperadora. Miséria, fome, desorganização social, aids endêmica, ignorância, a frágil estrutura política institucional dos estados, políticos corruptos até a medula. Serão eles os exclusivos culpados pela miséria que se abate sobre si? Ou, pelo contrário, eles são o retrato mais preciso da irresponsabilidade, da voracidade e da corrupção europeias? Durante quase cem anos, a Inglaterra, a França, a Holanda, a Bélgica, enfim, todos os nossos "civilizados" países europeus fincaram suas garras na África e sugaram o que podiam, sem terem sequer uma questionável preocupação "civilizatória", digamos assim, concordando provisoriamente com a suposta superioridade que eles se dão a si mesmos. Estavam lá numa exploração extrativista, mantendo estruturas de poder que lhes eram favoráveis, indiferentes a qualquer coisa que não fosse seu proveito próprio e imediato. Acho ilustrativa a questão da África porque ali aparece sem muitos disfarces a exploração nua e crua dos "civilizados" em cima dos "não civilizados", processo que, em diferentes intensidades, ocorreu em muitos outros recantos do mundo. E que continua acontecendo. Nem vou falar das últimas guerras contra os "primitivos" e "fanáticos" muçulmanos.

— Aonde você quer chegar? — perguntou Jonas, um tanto impaciente com a longa e lenta fala de Eliezer, que se divorciava de vez de suas posições.

— O ponto a que quero chegar é que tudo isso elimina inteiramente qualquer sentimento de inferioridade que eu pudesse ter em relação a eles — respondeu Eliezer. — É verdade que nós brasileiros temos responsabilidades pelo estado em que o país se encontra hoje. Mas não somos os únicos culpados. Nossos ricos e "cultos" parceiros, de antes e de agora, também têm suas responsabilidades. E não só pelo Brasil.

Eliezer fez uma pequena pausa e continuou.

— Digo-lhe mais, estou convencido, depois do fracasso do sonho revolucionário de criar pela força sociedades mais justas, de que, diante dos descalabros da injustiça social que se espalham pela maioria dos países do mundo, cabe aos países ricos a responsabilidade de mudar essa situação. Somente eles, revendo suas práticas, poderão alterar uma situação explosiva e que, no fundo, termina por atingi-los direta ou indiretamente. As ondas migratórias das antigas colônias para suas metrópoles europeias são um bom exemplo disso. Uma espécie de justiça poética que os ventos da história estão impondo a vários países, como a França, com seus migrantes do Magreb; a Inglaterra, com seus hindus e paquistaneses; a Itália, com seus etíopes etc. A presença inquietante dos muçulmanos, do Islã, no coração da sofisticada e cética Europa... Tudo seria cômico, não fosse tão complicado. Ninguém migra por espírito aventureiro. O que impõe a migração é a convicção de que permanecer no rincão natal é um gesto suicida, que ali os recursos de sobrevivência se esgotaram, que é necessário buscá-los em outros lugares. As rotas migratórias traçam na geografia um percurso trágico que se inicia em lugares miseráveis e termina nas regiões de abundância e riqueza. As migrações implicam grandes dramas humanos, perdas emocionais das quais nem todos conseguem se refazer. Costumes, língua, modos de viver, religiões, concepções de mundo, tudo abandonado no esforço de aculturação, de adaptação. Os filhos dos que imigraram — envergonhados com o sotaque estranho dos pais e com tudo o que eles representam — ficam desenraizados, presas fáceis das gangues e da criminalidade. Então, voltando ao que falava, acho que o Primeiro Mundo, os ricos, têm de cuidar da pobreza do restante, não só por serem em grande parte responsáveis por esse estado de coisas, mas também por uma questão da própria segurança, como forma de defender sua própria sobrevivência. Caso contrário, correm o risco de serem afogados pelas ondas de miseráveis que eles mesmos produziram ao destruírem os meios de subsistência em seus locais de origem.

Eliezer se calou. Estava difícil competir com o volume do som que saía dos alto-falantes do bar, um axé-music bem barulhento. Jonas se esgotava no esforço para entender Eliezer. Mas ele estava com vontade de falar e continuou.

— Quando estava na Sorbonne, aproveitei um feriado e fui até a Normandia, onde visitei vários cemitérios de soldados que tombaram na Segunda Guerra. Tive uma sensação muito estranha. Penso que as duas Grandes Guerras, assim como os grandes pesadelos do nazismo e do stalinismo, mostram como a tal "cultura" que você tanto admira não impediu que os europeus beirassem o extermínio, agissem como duas tribos de "selvagens". Na Normandia, vi vários documentários da época, nos quais eram mostradas as cidades destruídas por bombardeios aéreos, incêndios, saques etc. A exposição da mais explícita e terrível destrutividade. Belas e antigas cidades reduzidas a escombros. Ao ver aquelas imagens de cidades destruídas, elas curiosamente me fizeram lembrar nossas favelas, com suas instalações desordenadas, como que arruinadas de antemão, já na própria precária construção... Enfim, Jonas, você é o culpado por esse discurso que acabo de fazer. Você o provocou ao falar de seu sentimento de inferioridade perante os europeus...

Eliezer entregou os pontos, estava ficando rouco, o dono do bar tinha aumentado o volume mais ainda. Ficaram bebendo em silêncio por mais um pouco e depois se despediram.

Voltando para seu carro, Jonas continuava pensando no que Eliezer falara, considerando as diferenças e as semelhanças entre brasileiros e europeus. Estava animado e, quando chegou em casa, escreveu um pequeno ensaio.

O LADO DO SOL / ON THE SUNNY SIDE OF THE STREET

Somente quem passou a infância na Avenida Dom Manuel em Fortaleza pode avaliar claramente o que o "lado do sol" significa.

O "lado do sol" é aquele que recebe diretamente o sol da tarde. A tarde é a esperada parte do dia em que se vai brincar na rua, na calçada, depois de feitas as obrigações escolares, do banho tomado e das roupas trocadas. Quando se mora do lado do sol, é impossível ficar na calçada à tarde. É quente demais. O mormaço esgota qualquer disposição, drena toda a energia, qualquer ímpeto ou vigor infantil. A felicidade maior é correr para o "lado de lá", o da sombra, lá onde já estavam todas as outras crianças brincando. A mãe, levantando os olhos de sua ininterrupta leitura, se mostra relutante, dizendo-se vagamente preocupada com a perigosa travessia da rua. Na sua opinião, devíamos sempre, meu irmão e eu, ficar neste "lado de cá".

Assim, cresci acreditando firmemente nas virtudes do "lado de lá", acostumado com as desvantagens do "lado de cá", o lado do sol.

Qual não foi minha surpresa quando — por volta dos doze anos — numa aula de inglês, traduzimos a letra de "On the sunny side of the street", uma antiga canção norte-americana, na qual eram feitas loas às delícias do "lado de cá", o "lado do sol". Fiquei, naturalmente, perplexo. Aquilo para mim não fazia sentido, era um evidente disparate.

Foi a mesma coisa quando recebi, como presente de aniversário, uma coleção de revistas em quadrinhos da Editora EBAL, comprada pelo Reembolso Postal. Eram oito revistinhas especiais e o que as fazia diferentes das habituais publicações vendidas pelo jornaleiro era o fato de serem impressas em excelente papel e dispostas na horizontal, como os antigos cadernos de caligrafia, de música e de desenho. Algumas delas traziam os velhos conhecidos do universo de Walt Disney. Outras vinham com novos personagens a serem descobertos. Destes, lembro-me de dois. Um era o aviãozinho que queria voar sozinho, longe dos pais, velhos e calejados aviões. E o outro era um pinguim que queria conhecer os "mares do Sul".

Ora, para qualquer menino de Fortaleza na década de 1950, "Sul" não poderia ser outra coisa a não ser o fabuloso Rio de Janeiro, a central produtora de marchinhas de carnaval, de filmes da Atlântida, da revista *O Cruzeiro*, local da Praia de Copacabana, do Palácio do Catete, do time do Flamengo, do Estádio do Maracanã, da Presidência da República, do Senado, do Copacabana Palace. Não existia ainda o mito Ipanema e a bossa nova que o cantava, fenômeno que se impôs na década de 1960 e que foi uma espécie de canto do cisne do Rio como usina de sonhos no imaginário da nação. O Rio maravilhoso passou a ser a sede do, digamos assim, *Ancien Régime* e gradativamente esmaeceu, perdendo espaço para a mística de Juscelino e Brasília, arautos do futuro, do novo Brasil, dos novos tempos, até tombar de vez diante da pujança de São Paulo.

Mas o meu pinguim queria ir para os "mares do Sul" e eu só podia entender seu desejo como o de ir para o Rio de Janeiro, para Copacabana, a linda Princesinha do Mar, o que me parecia muito natural e compreensível.

Eu desconhecia tudo sobre as contingências de viver no Hemisfério Sul. Ignorava que para os do Hemisfério Norte, onde o sol é tão regrado e econômico, sua presença é sempre louvada e desejada, situação oposta à de minha realidade nordestina, em que o solão quente, com sua luz cegante e inclemente, faz sonhar com a escura e convidativa sombra.

Que surpresa descobrir que os "verdes mares bravios de minha terra natal", que banhavam Fortaleza, eram os mesmos "mares do Sul" do paraíso tropical idealizado pelo pinguim, mais até do que o mar de Copacabana, com suas águas geladas!

Quando compreendi meu erro de perspectiva e fiz as correções necessárias, por um curto tempo pensei que ele se devia à minha ignorância infantil, bobagens de criança, equívocos nos quais não mais incorreria.

Não podia imaginar que eles eram apenas os primeiros de uma interminável série que se mantém até hoje, pois eles radicam em algo muito mais abrangente que a ignorância infantil. São decorrência de se morar no quintal do mundo, na parte pobre e triste do mundo, na parte onde à miséria material se soma uma outra, talvez mais grave, causada pela inexistência de uma identidade que nos una. Falta-nos uma ideia comum partilhada por todos nós sobre nós mesmos enquanto povo, nação. Essa falta estabelece um vazio que é permanentemente preenchido pelos mitos provenientes do Hemisfério Norte, nos quais, em vão, procuramos encontrar nossa face própria, nossa realidade, nossos valores.

Um povo precisa se reconhecer em sua produção cultural. Somente assim ele pode se ver, se observar, se entender e se pensar. Isso diz respeito não somente a trabalhos de fôlego científico e acadêmico ou na grande arte, mas também no entretenimento, nos folhetins, na ficção barata — aquela mais acessível e popular, veiculada pelos meios de comunicação.

O que acontece conosco, nativos habitantes dos confins do Império, é que, com exceção das telenovelas da Globo, não temos nossos próprios espelhos onde nos ver. Miramo-nos no espelho norte-americano ou europeu, tentamos nos ver ali, mas nossa imagem mais escura e rombuda não nos é devolvida, a não ser como caricatura.

Sempre que vejo um dos filmes de Woody Allen, identifico-me com as situações ali expostas. Quando penso que o *milieu* preferencialmente abordado e retratado por Allen é o da intelectualidade judia urbana nova-iorquina, fico imaginando o que tenho eu — um nordestino radicado há 40 anos em São Paulo — a ver com o universo descrito por Allen. Seria minha identificação decorrente da expressão universalizante que a boa arte, como a de Allen o é, pode e deve proporcionar? Ou seria apenas mais uma evidência da desgraça de quem mora na periferia do império cultural, forçado a se ver num espelho que não pode lhe devolver uma imagem fidedigna? Não seria apenas a última edição do antigo equívoco, de minhas atrapalhações com os "mares do Sul" do pinguim e da incompreensível louvação do *sunny side of the street*, o lado de cá, o lado do sol? Continuo perdido quanto ao melhor lado da rua, qual é o mar mais gostoso?

Esse dilema, que seria próprio de qualquer cidadão do Terceiro Mundo, se complica muito quando se refere ao artista desta mesma latitude. Qual é o lugar possível para nós, artistas criadores que tivemos a triste sina de nascer do lado de baixo do equador, nos cafundós do hemisfério sul? Seremos capazes de realizar uma produção artística efetivamente original?

Muitas vezes, nossa literatura se vê acorrentada à realidade geopolítica, obrigada pelas circunstâncias reais a fazer a denúncia dos oligopólios, a falar da corrupção exercida por uma "elite" pequena e ignorante que há anos se apoderou do poder. A insuportável condição social se impõe de tal forma que somos forçados a dar atenção quase que exclusiva a esta dura realidade externa, inibindo-nos de abordar com a profundidade que seria necessária às complexidades do mundo interno de nossos personagens, esmiuçar suas subjetividades. Por isso mesmo, adquirem especial relevância a obra de Machado, Clarice e Lygia. Na construção de seus personagens e das situações que eles têm de atravessar, esses escritores evidenciam uma extraordinária compreensão do funcionamento secreto do mundo psíquico.

Jonas, que havia escrito esse pequeno ensaio motivado pela conversa que tivera com Eliezer, dias depois o mostrou a outro amigo. Ele, com uma franqueza desabusada, disse-lhe ser um amontoado de bobagens e que Jonas devia se ater a suas historinhas, deixando essas especulações para quem entende do assunto.

De fato, tais questões haviam absorvido completamente a atenção de Jonas durante a caminhada, afastando as lembranças recentes do encontro com Sílvia, a história do avô, o temor de uma herança maldita. Vendo-o tão ensimesmado, Matilde respeitou seu silêncio, pensando que ele se devia às descobertas ligadas à família.

De qualquer forma, a viagem se aproximava do fim. Haviam realizado praticamente tudo o que haviam planejado. Faltava só a ida ao túmulo de Proust. Mais uma vez Matilde reclamou, lamentando desperdiçar os últimos instantes da viagem em tão despropositada visita.

Capítulo 9

Quando finalmente Matilde e Jonas chegaram ao Cemitério do Père-Lachaise, não havia ninguém ali para vender o mapa com a localização dos túmulos dos mortos ilustres. Junto com eles entraram alguns velhos senhores que pareciam ser franceses, com suas capas e seus guarda-chuvas.

Do portão principal abria-se uma larga via que terminava num monumento. Ao vê-lo, Jonas sentiu-se tocado por sua beleza e sua perfeita adequação ao local.

Embora o grupo escultórico tivesse mais figuras, sua forma convergia para um casal despido atravessando uma porta que se abria para a escuridão de um lugar desconhecido. Metáfora transparente, o grupo escultórico provocou em Jonas um forte sentimento que se espalhou vagarosamente em seu íntimo como um óleo grosso e perfumado. Leniente, a escultura afirmava que a morte era uma simples passagem, realizada com coragem e esperança por aquele belo casal. Eles pareciam dizer: "Não temam a travessia. Venham!"

Lugar-comum em qualquer credo religioso, naquele instante perante o monumento tal ideia pareceu a Jonas revestida de uma nova significação, fazendo com que, justamente ali no cemitério, surgisse nele uma repentina valorização da vida, uma crença na possibilidade de compreensão e entendimento entre os homens, irmanados diante da silenciosa majestade da morte.

Mais adiante, depararam-se com o túmulo de Allan Kardec, cheio de flores e com muita gente em volta. Matilde parou, surpreendida com aquela agitação, uma manifestação borbulhante de vida dentro do cemitério.

Jonas pensou em continuar apreciando o cemitério tranquilamente até achar o túmulo de Proust, mas ao se afastarem do burburinho próximo ao túmulo do pai do espiritismo, viram-se sozinhos. O Père-Lachaise era só deles, suas alamedas, os vetustos túmulos cobertos de limo debaixo do pesado céu cinza escuro, do chuvisco fino. Parecia não haver mais ninguém ali, o que os deixou apreensivos. E se estivessem, forasteiros ignorantes que eram, em lugar perigoso sem o saber? Correriam algum risco?

Com desconfiança, Jonas vê um grupo de velhinhos na frente de um túmulo que tem o nome *Hugo* na lápide. Usam longos casacos, alguns fumam cachimbo e com eles está um jovem rapaz. Intrigado, Jonas se pergunta o que estariam fazendo ali, conversando com tanta fleuma debaixo da fina garoa fria. Seriam admiradores de Victor Hugo? Apesar de se sentir como um intruso que interrompe uma reunião privada, Jonas viu-se compelido a perguntar:

— *Est-ce que Victor Hugo est enterré ici* ?

Curiosamente eles entenderam seu francês macarrônico e gentilmente responderam algo que Jonas entendeu como *Non, non, ça c'est de la famille. La dépouille de Victor Hugo c'est au Parthénon.* Jonas agradece e, rebocando Matilde, segue em busca de Proust. Seu olhar se perde na admiração dos degraus que levam aos diversos patamares do cemitério, se enrosca nas alamedas dos velhos túmulos.

"Quanta diferença do cemitério novo de Fortaleza, que pretendia imitar os cemitérios norte-americanos — só singelas e lisas lajes no chão gramado, sem capelas e monumentos funerários, nada de sepulturas e estátuas.", pensa Jonas. "Difícil é manter a relva debaixo do sol esturricante da cidade. Estive lá apenas uma vez, durante umas férias nas quais fomos surpreendidos com a morte de Tobias, num estúpido desastre de carro. Estávamos incomodados debaixo do brilhante céu esbranquiçado do meio-dia, ouvindo os gritos histéricos de uma parente dele, soluçando debruçada sobre o caixão. Havia muita gente no enterro, Tobias fora uma pessoa muito popular. Os coveiros já iam pegar o caixão quando apareceu o Xico, o único da turma que não tinha dado certo, que continuava boêmio e beberrão. Chegou visivelmente embriagado, acompanhado por dois caras, um com um violão e outro com um cavaquinho. Apreensivo, temi que fossem fazer um papelão, algo inconveniente. Como era previsível, eles começaram a tocar. Mas, para minha surpresa, a música nos envolveu docemente, nos fundiu numa massa amorosa e sofredora que lamentava a partida de Tobias e nos fez chorar a todos, ninguém escapou. Um choro gostoso e reparador que nos fez estar ali efetivamente lamentando a perda de um amigo e não apenas cumprindo uma desagradável obrigação social".

— Querido, você já notou estes rapazes e moças? Que estranho! — diz Matilde, quebrando o devaneio no qual Jonas se encontrava.

Sim, com alarme, Jonas havia notado, nos últimos minutos, furtivos pares entre as alamedas e as árvores do Père-Lachaise, que pareciam evitar a proximidade deles. Seriam delinquentes juvenis? Agora que Matilde os mencionara, não dava mais para ignorar a presença deles. Mais uma vez Jonas se recriminou por estar ali com ela, naquilo que estava parecendo uma aventura perigosa. Aqueles dissimulados jovens só podiam ser drogados, bandidos. Instintivamente, apalpou a carteira no bolso da calça, certificando-se de sua presença ao sentir seu volume e imaginando que não haveria melhor local para assaltar turistas que dentro de um cemitério abandonado. Mais e mais jovens apareceram e um inconfundível cheiro de maconha se espalhou no ar. Jonas estava convicto de que se encontrava no meio de uma quadrilha de delinquentes juvenis, bandidos perigosos. Ele e a pobre Matilde estariam correndo sério perigo.

Passavam pelo túmulo de Abelardo e Heloísa quando, aliviados, encontraram um guarda. Pareciam ouvir ao longe um som de música. Estariam aqueles jovens fazendo uma orgia dentro do antigo cemitério, profanando algum túmulo? A visão do representante da lei o tranquilizou e Jonas se dirigiu até ele. Antes que ele abrisse a boca, o guarda perguntou:

— Jim Morrison?

Imediatamente tudo ficou claro para Jonas. Lembrou-se de que o cantor estava enterrado ali no Père-Lachaise e entendeu que aqueles jovens estavam ali não propriamente para atacar indefesos turistas e sim para reverenciar a memória de Jim Morrison. Logo reconheceu claramente a voz que grita *come on, baby, light my fire*. Os jovens, que há minutos eram vistos como ameaçadores delinquentes juvenis, pareciam agora amistosos rapazes e moças que estavam ali, como ele mesmo, para prestar homenagem ao ídolo que admiravam. Esse entendimento o tranquilizou, fazendo com que se sentisse próximo deles e, junto com isso, veio-lhe uma fugidia exaltação de amor à vida, uma percepção de sua beleza e mistério, algo semelhante ao que sentira há pouco, quando vira o monumento na entrada do cemitério.

Mas seu objeto de veneração era outro e Jonas diz para o guarda *non, non, Marcel Proust*. Ele respondeu: *Ah, oui*, e lhes deu uma orientação, algo como "a segunda quadra, o vigésimo túmulo, dobrando à esquerda". Jonas deixou-se guiar por Matilde, que entendera as indicações e finalmente se depararam com o severo túmulo de Proust. Uma lápide de mármore negro, com poucos vasos de flores. Alguma homenagem recente, seguramente.

Jonas se sentiu com as mãos abanando, pensou que poderia ter trazido uma flor qualquer. Mas agora que está ali, sentiu-se acabrunhado e inibido, envergonhado. Não sabia o que fazer. Deveria rezar por ele? Não podia, não sabia, seria algo fora de propósito, Proust com certeza pensaria assim. Recitar um de seus trechos, *morceaux choisis*? Também não poderia, pois não sabia nenhum dos trechos de cor. E, mesmo que soubesse, seria descabido recitá-los ali. Lembrou-se da cena da voz da avó ao telefone, lembrou-se dos saraus na casa dos Verdurins. Rapidamente passaram-lhe pela cabeça Odette e Swann, Charlus e Saint-Loup, Albertine, os Guermantes, Vinteuil e Bergotte.

Diante do túmulo, Jonas percebeu que estava sem palavras. Elas todas haviam fugido para junto de Proust, o supremo mestre, que, com implacável lucidez, permanecia contando os longos parágrafos de sua narrativa, desemaranhando com paciência e habilidade infinitas a densa e complexa teia das ideias e pensamentos.

Pensou que Proust passara por todas as vicissitudes e dificuldades próprias do ofício de escrever e vencera. Estava vivo, era eterno, imortal e proporcionara experiências literárias inesquecíveis, grandes prazeres e vertigens intelectuais a uma infinidade de leitores e outros escritores. Reconhecia sua dívida de gratidão para com ele e sentia que a única forma de pagá-la era manter seu compromisso com a literatura, continuar escrevendo o melhor possível, mesmo que essa escrita fosse insignificante perante sua obra monumental.

Jonas se emocionava à medida em que se perdia nesses pensamentos.

Deu-se conta de que já estava havia alguns minutos ali parado, em silêncio, diante do túmulo, perdido em seus pensamentos. Olhou para Matilde — que nunca lera Proust — e ela parecia impaciente. Temeu que ela o achasse bobo por estar visivelmente comovido diante do jazigo do grande escritor. Lamentou por ela e por todos que não leram seus livros, que o tinham apenas como um ícone cultural.

O céu baixo e escuro ameaçava uma chuva mais forte e já pensavam em partir quando Matilde perguntou: *você não quer tirar uma foto aí?* Jonas achou excelente a ideia e pediu a um jovem que passava por perto para registrar o momento.

Batida a foto, começaram a fazer o caminho de volta.

Capítulo 10

Já faz dois meses que dei os originais do livro para meu pai ler. Acredito que logo mais receberei seu parecer.

De lá para cá, ele me enviou por e-mail várias poesias. Ao que tudo indica, está selecionando algumas para publicação.

Muitas delas versam sobre o tempo, como essa que transcrevo a seguir.

Na infância ansiava que o infindável tempo
passasse logo.
Mas isso foi há tanto tempo!
Agora quero que o tempo tenha seu próprio tempo,
nem veloz nem lento —
somente o constante movimento
incessante passagem rumo ao passamento.

O tempo. Haverá tema mais importante para qualquer escritor?

Capítulo 11

Matilde chegou em casa quando se esgotavam as divagações de Jonas em torno da foto tirada há tanto tempo no Père-Lachaise.

Jonas tentou contar-lhe tudo o que lhe ocorrera ao rever a fotografia, mas ela carinhosamente tapou-lhe a boca, impondo-lhe o silêncio. Tirou a foto de suas mãos e a guardou junto com as demais.

Enquanto o puxava para a cama, mais uma vez Jonas pensou na benevolência do destino, que lhe dera uma mulher tão doce e amorosa.